Dragons
at Your Door

(中) 曾 鸣 著
(英) 彼得 J. 威廉姆斯
(Peter J. Williamson)

龙行

中国制造未来十年新格局

天下

机械工业出版社
China Machine Press

短短十余年，中国已彻底告别短缺经济，从一个封闭的农业国成为"世界的工厂"——中国产品潮水般涌向全球，中国制造已成为令人生畏的力量。

中国企业的发展主要体现在大多数产业的制造环节的大规模而全面的突破。中国企业不仅在跨国公司主动转移的产业链上证明了自身的能力，也进入了跨国公司并未放弃的领域。

本书试图从宏观和微观两个层面描绘出中国制造未来十年的可能性（从中国制造升级为中国创造），并指出中国的先行者们已经探索出的实现这种可能性的路径。如果没有意外，下一个十年，一批世界级的企业将在中国诞生。

版权所有，侵权必究
本书法律顾问：北京大成律师事务所　韩光／邹晓东

图书在版编目（CIP）数据

龙行天下／（中）曾鸣，（英）彼得 J. 威廉姆斯著. —北京：机械工业出版社，2008.1（2018.10重印）

ISBN 978-7-111-23019-9

Ⅰ. 龙…　Ⅱ. 曾…　Ⅲ. 制造工业－工业企业-经济发展-研究-中国　Ⅳ. F426.4

中国版本图书馆CIP数据核字（2007）第189938号

机械工业出版社（北京市西城区百万庄大街22号　邮政编码　100037）
责任编辑：程天祥　　　版式设计：刘永青
三河市宏图印务有限公司印刷
2018年10月第1版第6次印刷
170mm×242mm · 10.5印张
定价：59.00元

目录 Dragons
at Your Door

第一篇　全球产业格局演变 / 9

每个大的时代，总伴随着大国崛起。一个世纪前是美国，一个世纪后的今天是中国。中国崛起将是一个持续的历史过程，而非短暂的偶然事件。

第二篇　中国制造的秘密：穷人的创新 / 35

每一个获得巨大成就的中国企业，其背后

都有一群具有异乎寻常的进取心、学习能力和想象力的灵魂人物。正是这样的人群、这样的创造力，构成了中国竞争力的内核。

第三篇　未来：黄金十年 / 101

中国企业在世界舞台的出现将从根本上动摇全球竞争格局。下一个十年，中国将首次有可能诞生本土的世界级企业。

Dragons
at Your Door

柳传志

20多年前，我和一帮同事开始创办企业的时候，虽然有着做点事情的强烈冲动，但谁也想象不到联想能发展成为今天这个样子。从上个世纪的最后20年起，信息革命和全球化改变了世界，改革开放改变了中国，中国和世界的变化也远远超越了人们的想象。中国企业的发展，只是这种变化的一小部分。

现在，人们都在谈论中国的GDP很快就要跻身世界前三了，中国的崛起已经是不争的事实。作为一个经济总量排在世界前列的大国，中国制造在世界上有着举足轻重的影响力，但我们还没有出现一家真正意义上的世界级企业。

在这样的背景下，曾鸣先生提出一个很令人关注的命题，就是"中国企业如何才能真正建立起世界级的竞争力"。在这本书里，他把多年研究中国企业的心得做了一个总结，提炼出的核心词是"成本创新"——以低成本的方式进行技术创新，以技术创新的方式降低成本。

过去20年里，中国制造在全世界最大的制胜法宝，就是低成本。联想也是通过"毛巾里拧水"一路走过来的。这样的创新首先是不得已：先把精力集中在最容易切入的产品层面的技术创新，换来急需的市场和利润，等积累好了生存和发展的基础，才有逐步向核心技术靠近的本钱；但这样的创新，更应该是主动的：中国企业起步较晚，跟在别人后面跑，总免不了要吃一些土，好处是在艰苦的条件下更能练出绝活，加上领先的决心，就有领先的可能。

目前，中国广阔的市场还有很大的潜力，特别是中西部的发展会带来更大的空间；中国的劳动力要比国外便宜很多，包括白领和科技人员；还有就是，中国有一批企业家有着高远的追求，正拼命把企业做强做大。我相信，有了这些条件，中国经济还会在相当长的一段时间内持续地高速增长，并迟早会诞生真正世界级的企业。

只是，这将是一个持续的历史过程，而不是短暂的偶然事件。对中国企业来说，最怕的就是头脑发热，而将长跑当做了短跑。中国产生真正市场化的企业，历史不过20多年，与世界上的百年老店相比，我们要学的还有很多。

曾鸣先生原来是商学院的教授，现在是一家IT企业的高管，有着理论与实践相结合的难得经验，对国内外的情况也都很了解，相信此书会对每一个有志于研究和推动中国企业走向世界的人有所启发。

中国制造的"鸟瞰图"

（一）

曾鸣教授所著的《龙行天下》有一个显著特点——鸟瞰。

试图鸟瞰全球化格局，鸟瞰中国制造，鸟瞰战略机遇。

对书中的某些观点，你可能产生共鸣；而对另一些观点，你可能并不同意……但对问题的提出已经超过了问题本身。

在全球"平面"上，知道自己处于什么位置有利于主动竞争，不知道自己处于什么位置只能被动竞争。

知道自己向什么方向努力是一种自觉竞争，不知道自己向什么方向努力则是一种自发竞争。

曾鸣教授以自己跨跃中西时空的"双向视角"，阐述了自己的观察和思考。

仅从下面两段话，我们就可以管窥出作者身为学者的独立视角。

提供给全球消费者的经济价值方程式已经被中国竞争者以成本创新的方式改写。被中国制造宠坏了的全球消费者把性价比的重要性提到了前所未有的高度。

以低成本的方式进行技术创新，以技术创新的方式降低成本；这将成为未来全球竞争的核心。

（二）

在曾鸣教授的书中，我欣喜地找到了不少共鸣。比如这一段：

最主要的竞争，在中国市场上看得很清楚：中国企业不断从低端往高端走，跨国公司不断从高端向下面渗透，他们将在中端市场短兵相接，决定成败的因素将是性价比。

我所从事的冰淇淋行业，真的就是这么一步步走过来的。过去，国外品牌长期盘踞高端市场与中端市场，国内品牌只能在低端市场上"搅稀稠"……但这样"搅"了十几年后，今天哪个洋品牌还敢小觑国产品牌？在目前的中国市场上，冰淇淋销量的冠军、亚军都是国产品牌，国产品牌已经逐渐向中高端市场渗透，洋品牌也不得不转过身来经营低端市场。

毛泽东为什么提出"农村包围城市"？就是因为对手太强大，自己太弱小嘛！攻强手要打弱点。市场上最容易突破的地方当然是利润最低的领域。如果我们在低端产品上占尽规模，那么，调动后续资源的实力就会增大，闪转腾挪的空间也会扩大，这就有了向中端产品与高端产品进攻的"根据地"。这是在市场经济中所走的"农村包围城市"的路子。

（三）

在快速消费品行业，我曾对"中国制造"升级"中国创造"的战略抉择提出过"四个先后"：先国内，后国际；先软件，后硬件；先做大，后做强；先责任，后崛起。

为什么提出"先国内，后国际"？因为中国是全球最具成长性的最大市场。可以毫不夸张地预言，只要我们做成中国第一，就有可能成为全球第一，这是独家优势。因此，连松下电器也曾感慨："不能在中国取胜，就会在全球败北。"

但我们可以"以成本领先为先导"，却不能"以成本领先为终结"。即便在中国本土市场上，上演的也不是一国企业的单边竞争，而是全球企业的交叉竞争，这就向中国企业提出一个更高的要求："不能在全球领先，就会在中国败北。"

因此，要真正实现后来居上，中国企业必须尽快实现由"中国制造"向"中国创造"的惊险一跳。

曾鸣教授所著的《龙行天下》，是在"惊险一跳"前的"跳板打造期"里值得阅读的一本书。

国家与国家的竞争，战争年代靠军队，和平年代靠商队。当奔驰、宝马跑遍天下时，德国崛起了；当索尼、佳能装进普通百姓背包时，日本起飞了；当可口可乐、百事可乐倒进人们胃里时，美国撼动了世界；当我们中国企业崛起于世界之林时，中华民族的伟大复兴就真正实现了！

Dragons
at Your Door

推荐序三

梁信军

细心的读者可以观察到曾鸣长了一副天生的"资深学者脸"：年轻时显得老成，年长后显得深沉。

这张脸就曾骗倒我。

2004年，我进长江商学院读EMBA时，最早听过的几节课中就有曾鸣主讲的企业战略。从那时直到现在，我认为他是我见过的、能听讲中文的、最好的公司战略教授。

从对水平的敬服，演绎到态度的尊敬，进而热络于复旦校友的近乎，直到发现他竟然和我是复旦的同届毕业生！再发现老成的资深背后，原来是一起军训的隔壁班的"曾同学"！震撼意外之余，也为同辈人能出这样的杰出分子而自豪。

接下来的故事，是得知他将去中国雅虎任总裁，一度很是惋惜。我认为人的特质决定了每个人适合或者能做好什么。曾鸣的核心秉赋、他的"资深学者脸"，很适合做教授，而且很适合做著名教授。觉得他之去中国雅虎，对于马云来说，只不过是阿里巴巴旗下业务多了个总裁，但中国未来的CEO学员群体，却少了个杰出的战略学教授。

我固执地认为一个优秀的EMBA教育专家比一个优秀的CEO对社会和企业群体更有价值。

但曾鸣的新作，给了我、我们一个很好的安慰。

比如，他这样判断：**后工业化时代……凭借低成本优势拿下低端产品市场的中国玩家，……可以通过大规模定制的方式去占领很多中端产品市场，这是未来十年最大的机会。**

经典的真相还包括："……被中国制造宠坏了的全球消费者把性价比的重要性提到了前所未有的高度。"

令你我感到熟悉的还有，曾鸣关于全球化消除了资本、人才、技术壁垒，给后进企业反超机会的描述，正被中国去年（2006年）以来迭创全球IPO绝对和相对额度新高的事实、中国企业不断在不同行业演绎出逼近行业领先的大小活剧反复证实。

书中创造性地揭示了中国企业实现大规模、群体性行业突破，并成功保持和跨越成本优势的真相是：改变了游戏规则……这一规则的改变，还体现在他对未来中国制造新成长模式的预言：成本创新。令人耳目一新，很有启迪。

曾鸣在谈到写这本书的主旨时说：试图从宏观和微观两

个层面描绘出中国制造未来十年的可能性，并指出中国的先行者们已经探索出的实现这种可能性的路径。

我认为曾鸣书中揭示的一切，将有助于中国政府、企业更深刻地在全球化的视野中理解自身、理解世界今日的规则，也将有助于世界读懂今日之中国。

曾鸣

曾鸣教授于2006年加入阿里巴巴集团，现任阿里巴巴集团战略执行副总裁；在1998～2002年曾任教于欧洲工商管理学院（INSEAD）；2002年加入长江商学院，任战略学教授。

曾鸣教授1998年获得美国伊利诺伊大学国际商务及战略学博士学位，是战略及国际商务方面的专家，对于战略创新、战略转型、战略联盟与并购、电子商务以及国际化战略等方面有深入研究，在战略管理领域内因对中国企业的开创性研究而在国内外享有盛名。他的研究成果在世界顶尖管理杂志得到发表和认可，包括：*Academy of Management Review*、*Organization Science*、*Journal of International Business Studies*、*Harvard Business Review*、*California Management Review*、*Sloan Management Review*等，并被《华尔街日报》、《经济学家》、CNBC和BBC等媒体广泛报道。

他的英文著作*Dragons at Your Door: How Chinese Cost Innovation is Disrupting Global Competition*于2007年5月由哈佛商学院出版社出版，迅速成为全球畅销书；2004年由机械工业出版社出版的《略胜一筹》一书，多次被评为国内最有影响力的原创管理学著作。

2003年在《哈佛商业评论》发表关于中国企业国际竞争力的文章，在全球产生了巨大的影响，是近年来《哈佛商业评论》被引用最多的文章之一。

彼得 J. 威廉姆斯

威廉姆斯教授（Peter J. Williamson）是欧洲工商管理学院管理与亚洲商务教授、剑桥大学Judge商学院访问教授。曾任伦敦商学院MBA院长，哈佛商学院全球商务与战略管理访问教授。威廉姆斯教授有20多年与亚洲本地企业以及在亚洲的跨国公司合作的经验。1983年之后，他积极参与在华合资企业的研究，以及大量的兼并收购案例。他还是数家公司的非执行董事，包括在英国注册的中资软件公司——新锐国际。

威廉姆斯在哈佛大学取得商务经济博士学位，研究领域涵盖全球化、亚洲公司的国际化、战略创新、竞争动态以及战略联盟。其论文*Is Your Innovation Process Global*获得2005年度Sloan-Pricewaterhouse Coopers奖——该奖项授予对提升管理实践做出贡献的文章。威廉姆斯教授已经出版多部著作，包括：*Winning in Asia: Strategies for the New Millenium*、*From Global to Metanational:How Companies Win in the Knowledge Economy*、*The Economics of Financial Markets*、*Managing the Global Frontier*、*The Strategy Handbook*、*Global Future:The Next Challenge for Asian Business*。

Dragons
at Your Door

前言

经过近三十年的高速增长，迅速成为世界的工厂后，中国制造在最近几年面临着前所未有的挑战。质量、劳动力及各种原材料成本的上升，汇率、环保、贸易保护等尖锐的矛盾凸显了问题的严重。中国制造的出路在哪里？中国制造未来的发展路径如何？中国能不能产生真正世界级的企业？在什么行业，什么时候？

这是本书试图回答的问题。从1970年以来，全球经济一体化不断加速，开放的贸易导致了全球分工合作的深化，规模经济大大提升；信息化和外包的普及促进了产业链在全球的重新布局；资本在全球的流动进一步加速了经济一体化的进程。而中国从1978年开始的逐步深入的改革开放，充分利用了全球经济一体化带来的巨大机会。中国的大量廉价劳动力第一次进入国际市场，这一生产要素和大规模制造的结合，最大限度地释放了中国的劳动力成本优势，而中国制造的巨大成本优势直接带来了制造环节向中国的快速转移。中国迅速成为了世界的工厂。

这样的快速发展必然带来劳动力成本的上升（这原本就是经济发展的重要目的之一！）以及贸易冲突等问题。创造性地解决这些问题是中国制造未来发展的动力和机会。

中国制造未来十年的核心是本书提出的成本创新的概念。成本创新有两个层面的含义：（1）企业通过创新，而不是简单的低要素成本，进一步降低成本；（2）企业创造性地应用种种方法以低成本的方式实现（主要是应用型）创新，从而带来性价比的大幅提升，创造全球竞争优势。这个战略的提出是建立在几个基本的假设之上的：任何企业（和国家）的竞争优势都来源于把自己的资源比较优势创造性地转化成市场上的竞争优势。而中国在未来十年，甚至更长的时间内，最大的资源优势依然是低成本的劳动力。当然，随着教育、培训等方面的发展，中国的劳动力优势也在逐渐从生产线上的简单劳动力提升为工程师、设计、管理等人才，而这正是中国制造第二阶段优势的源泉。另一方面，由于整个国家的研发教育体系的局限和积累的不足，中国要在原创、前沿的基础研究发明方面有质的突破还需要时间的积累。自主创新是实现产业升级非常重要的发展战略，但核心问题是在我们自己的资源、能力都非常有限，跨国公司又很强大的情况下，选择什么样的创新道路，才是真正有效的？中国未来十年创新的基本指导思路应该是"成本创新"，因为这是穷人的创新之道。

但这已经足以支撑中国制造未来十年的升级换代。中国制造全面、大规模地在中等技术含量的领域突破将进一步改变全球的产业格局，形成一批真正世界级的企业。

本书的结论是建立在对中国制造过去十年的跟踪研究的基础上的。1998年我们的第一个研究项目试图分析为什么在中国市场，面临着强大的跨国公司的激烈竞争，联想、华为、海尔等本土企业却占据了领先的地位；2001年开始的第二个研究项目关心的是中集、振华港机、格兰仕、比亚迪等企业怎样在一些细分市场成为全球最领先的企业；2003年开始的第三个研究项目则侧重于跨产业的比较研究，试图分析中国企业在服装、家电、电脑等行业的发展路径是否会在手机、汽车、机床等行业重演；而从2005年开始，随着中国企业国际化的加速，我们又开始研究联想、华为、海尔、TCL等本土企业全球攻坚战的经验和教训。

然而，这本书的重点不是简单地对过去十年的经验进行总结，而是试图通过对中国企业过去发展路径的研究，提出未来十年发展的基本战略。成本创新的战略就来源于这样的思考。

这本书的一个独特优势是宏观、中观（产业）、微观三者的有机结合。不理解企业家（人）的创造力，不了解企业发展的细节，就无法掌握宏观经济发展的微观基础，无法真正了解中国制造的秘密所在。本书的结论是建立在对中国企业长期深入的案例分析基础上的，而企业战略的成功必须对产业发展规律有清晰的认识。他山之石，可以攻玉。跨行业的比较是对自身行业前瞻性认知的重要借鉴。而"时势造英雄"，企业家只有充分把握了宏观经济发展的大趋势，才能游刃有余，把企业带向下一个高峰。

建立在同样的研究基础上的各种研究性文章已陆续在全球的学术期刊上发表。总结性的英文书*Dragons at Your Door: How Chinese Cost Innovation is Disrupting Global Competition* 已经由哈佛商学院出版社2007年5月出版，并迅速成为全球畅销书。该书的侧重点是中国的成本创新将颠覆全球竞争格局，以及跨国公司必须如何面对这一残酷的竞争。

这本书并不是从英文书翻译而来，而是重新改写的。它的核心是讲述中国企业应该如何利用整合创新、流程创新、颠覆性创新等战略，实现成本创新，全面抢占下一轮全球竞争的制高点。

"数风流人物，还看今朝！" 祝愿中国的企业家们在中国制造的第二个黄金十年创造新的辉煌！

致谢

这本书的写作酝酿于1998年。当时我刚刚成为INSEAD（欧洲工商管理学院）的教授，和威廉姆斯教授成为同事。我们谈起亚洲金融危机后中国经济的强劲发展，以及在中国市场越来越多的本土企业正在抢夺跨国公司的市场份额。我们希望能够深入了解基础如此薄弱的中国企业为什么能够这样快速地崛起。1998年12月，我回到中国进行了第一轮企业访谈。那是整个研究的开始。

我们非常幸运地赶上了中国企业发展的黄金十年。我们的研究也随着中国企业竞争力的不断加强、国际化程度的快速提高而不断深入。

一晃就是十年。本书是这十年近距离观察研究中国企业发展的心得提炼，重点是对中国制造的未来提供一些前瞻性的建议。

我们的研究得到了众多中国企业家的长期支持。柳传志、张瑞敏、马云、王石、李东生、牛根生、麦伯良等人的思想对本书的观点都有重要的影响，对我在研究道路上的成长帮助很大。而除了一本正经的企业调研外，更多的思想火花来自于和长江商学院的近千名企业家同学在课堂内外无拘无束、推心置腹的交流。他们无私地分享自己企业发展中的经验和痛苦，对我启发良多。在此衷心地感谢所有帮助过我们的企业家们。柳传志、牛根生、梁信军、卫哲诸先生在百忙中为本书作序和跋，特别感谢他们的支持和鼓励。

威廉姆斯教授是研究企业战略和跨国公司管理的国际权威，和他的合作对于真正理解过去三十年国际化发展和跨国公司战略的演变有着不可或缺的价值，而我们俩这十年的合作也是对中国企业和跨国公司未来合作模式的一个小小的样板。

好的研究，就像好的企业一样，不但需要理想、愿景和坚持，同样需要人和资源。INSEAD和长江商学院先后投入了大量的经费支持这项研究。刘勇、田子睿、何晓明在过去的三年中提供了一流的研究支持。肖华、温翠玲、张宇、Kevin Foley 和其他很多人也在这项长期研究的不同阶段提供了支持。

这项研究以及英文稿在2006年就已完成。由于我加入阿里巴巴集团后工作繁忙，中文书一拖再拖。最后的成稿很大程度上得力于《南方周末》经济部余力女士的大力帮助，以及机械工业出版社华章分社周到的编辑支持。

由于最后成稿的时间仓促，本书还有不少明显的缺漏，请读者原谅。但希望瑕不掩瑜，本书的主要观点能够对中国企业未来的发展提供有益的指导。

很希望能够和各位读者进一步交流。请访问本书的网站 http://globalchina.zhan.cn.yahoo.com。

Dragons at Your Door
中国制造的下一波

1991年，我初到美国学习经济学。当时，日本对美国经济的冲击达到顶点（虽然现在回头看已经是尾声了），从匹兹堡到底特律，从汽车业到电子业，美国企业大量裁员，失业的工人走上街头抗议，捣毁并焚烧日本汽车泄愤……

而当时的中国，虽然改革开放在1978年就已开始，但仍在摆脱贫困的道路上摇摆不定，经济笼罩在回到计划体制还是走向市场经济的大争论疑云中。要到一年后，中国才宣布选择市场经济。

仅仅在十余年的时间里，中国已彻底告别短缺经济，从一个封闭的农业国成为"世界的工厂"——中国产品潮水般涌向全球，中国制造已成为令人生畏的力量。现在，在美国，在欧洲，人们正在谈论如何应对来自中国的冲击，如同1990年初他们谈论日本一样。

如何理解这一仍在加速的变化进程，并没有一致的答案。

2007年，中国的现实呈现出更为复杂的图景。

悲观者看到：人民币持续升值，石油、铁矿石等资源价格继续大幅提升，土地、劳动力和环境成本的上升远远高于其他国家，中国制造的低成本优势正在被削弱；另一方面，对中国产品质量的质疑前所未有地成为西方媒体追逐的热点，《华尔街日报》甚至以"中国制造遭遇危机"作为中国报道的专题。

悲观的看法认为，中国仅在全球产业价值链的末端占据了支配地位，中国的竞争力仅仅是低成本的制造能力，相对于产品的数量和规模，中国在价值创造上的成就几乎可以忽略。

而且，这样的模式不具可持续性——一旦成本上升的趋势开始，中国产品的竞争力将难以维系。而这一过程似乎已经开始。

但另一方面，大量的数字还在不断加强乐观者的判断：统计数据显示，中国企业的利润率仍在提高中，中国企业IPO的价格和规模一再刷新历史纪录；中国的出口仍在持续两位数的增长，中国已超过德国成为全球第三大贸易国，正取代美国成为全球增长引擎……

斑驳的表象之下，隐藏着怎样的现实？

在两个提问的刺激下，在今年，我找到了理解现实的钥匙。

在担任商学院教授的多年中，被问的最多也是最根本的问题：一方面来自跨国公司，问的是价格战什么时候在中国是个头？什么时候不会再遭遇中国企业这么恐怖的价格杀手？另一方面来自中国企业，问的是我什么时候能能够走出价格战的泥潭，可以享受跨国公司的超额利润？

我一直没有满意的答案。直到一天，我在课堂上脱口而出：其实双方都在做梦，整个世界正在发生着根本的变化，跨国公司过去的那种好日子将不会再来。世界的经济格局正在发生根本性的变化。由于巨大的金融资本和人力资本在全球的极大流动性，任何技术创新所能带来的模仿壁垒和垄断利润都在快速下降。相对同质化的竞争让低成本成为任何企业参与竞争的必要条件。中国企业的崛起把全球竞争的残酷性推到了一个新的高度。（毕竟，中国要解决的是一个前所未有的难题：全面提高13亿人口的生活水平，并在短短几十年内走完别人在几百年内走过的工业化道路，全面进入工业化时代。印度等国家的加入只是进一步放大了这个问题。）无论是中国企业还是跨国公司都必须正视新竞争的残酷性，不能有任何幻想。谁能最早领悟新的游戏规则，并率先培养出适合新竞争环境的核心能力，谁就能主导下一轮的竞争。

这个变化的重要驱动力是正在加速的全球化，美国人托马斯·弗里德曼在他的畅销书《世界是平的》里，很好地描绘了变化的过程。信息革命在过去30年不断地深化，使得越来越多的产业得以在全球范围内进行水平分工，资本、技术和人才比过去任何时代都更能实现全球性流动，世界完全是扁平的。在这样的竞争格局下，只要真有能力，无论是企业还是国家，都比原来更容易在全球范围内配置资源，实现优势，而不会更多地局限于原来那个支离破碎的世界经济格局。

中国在20世纪70年代末开始了历史性的改革开放，刚好与这一次全球化的进程同步，逐步解开束缚的十几亿中国人释放出了巨大的能量，在薄弱的基础上，通过承接西方国家的产业转移，通过学习西方技术，结合自身的比较优势，在过去30年内依靠低成本竞争，做成了世界工厂。

非常重要的一点被许多人忽视：早于中国起步的日本和韩国，在它们高速发展的阶段并没有被称为"世界工厂"，而中国获得了这样的称呼，是因为中国不仅在众所周知的服装、箱包、制鞋和玩具等劳动密集型产业内具有全球竞争力，而且在包括电子、造船、信息技术在内的绝大部分制造业领域内也具有低成本优势，可以为全球提供产品。这意味着，中国企业不仅在跨国公司主动转移的产业链上证明了自身的能力，也进入了跨国公司并未放弃的领域。日本、韩国企业的发展路径主要是在少数产业的集中突破，而中国企业的发展主要体现在大多数产业的制造环节的大规模全面突破，而这种发展路径正是扁平的世界和开放的中国互相作用的结果。中国的开放政策也迫使中国企业加速形成自己的能力。

少有人提及，中国不但比日本、韩国在同样发展阶段的对外开放度要高得多，甚至在很多方面比今天的日本和韩国的开放度还要高。跟日本、韩国的崛起不一样，中国在自身经济发展的初级阶段，就迅速、全面地融入全球经济，这使中国企业在成长初期就被逼着在自家的后花园里跟最强大的跨国公司直接过招。这是很大的压力和挑战，但是反过来，也是中国企业难得的机会——活下来的企业都是很强大的企业，至少生存能力特别强。

自身的资源和能力都非常有限的年幼的中国企业既缺乏品牌，也无法进行传统意义上的技术创新来获取垄断性技术，享受由此带来的超额利润，降低价格不得不成为它们主要的竞争方式。过去十余年里，残酷的价格战在中国的各个产业领域渐次发生，从最初的服装、鞋帽，到冰箱、电视等家电，再到手机、电脑等消费电子产品，竞争中的中国企业被迫竭尽全力地寻找市场空隙、寻找新的利润空间和掌握新的技术，它们竭尽全力"向全世界学习"以存活下来。许多企业消失了，但海尔、联想、华为这些活下来的企业则日渐强大，成为国际市场上的"中国玩家"。

一个很有意思的判断是，中国企业在残酷的竞争当中形成的某些能力，有可能在未来的全球竞争中具有特别重要的价值。比如在国内农村包围城市的路径，现在正在中国企业的海外扩张中被复制——从发展中国家开始快速的发展，再包围比较发达的国家；又如，在相对成熟的高科技产品上，中国企业擅长在质量、功能和成本之间找到比较难把握的平衡，从而迅速实现这些高科技的普及和大规模生产。而跨国公司很可能更强调研发、强调性能，而不是那么关注成本，因此中国企业对产品性价比的大幅提升产生了巨大的市场冲击力。

手工业化时代最大的特点是什么？定制。工业化时代最大的特点是福特式的流水线、标准化、大规模。后工业化时代，最大的特点是大规模定制。中国企业靠大规模制造进入了全球经济，但随着全球化的深入、全球经济模块化的发展，许多新的空间产生，凭借低成本优势拿下低端产品市场的中国玩家，虽然高端市场仍够不着，但可以通过大规模定制的方式去占领很多中端产品市场，这是未来十年最大的机会。

现实中，跑在最前面的中国玩家们已经远远超越了简单的低成本制造，它们已可以以低廉的价格提供高质量的、高技术含量的、多样性的和专业的产品——过去，这些产品大多高成本、高价格，曾一度为领先的跨国公司带来稳定而相对长期的超额利润。提供给全球消费者的经济价值方程式已经被中国竞争者以成本创新的方式改写。被中国制造宠坏了的全球消费者把性价比的重要性提到了前所未有的高度。

与此同时，全球化正在整体降低技术壁垒，后来者也有可能获得新的技术，而跨国公司过去的成功正成为它们的羁绊——由于是技术的先行者，在推进技术中，有可能被锁定在特定的技术轨迹上，当新的技术出现的时候，它们掉头、转身、转换的成本要远远高于新进入的竞争者。虽然已感受到"价格杀手"的恐怖，但这些当下仍在众多领域享有优势地位的领先者们并未充分意识到，它们的领先空间正在"中国式游戏"中被蚕食，由它们主导的经济均衡正在面临来自中国的颠覆性竞争。

如果说，中国的竞争力在昨天可能是以一种价格尽可能低的基本形式出现，那么在逐步深化的全球化过程中，中国那些壮大中的全球玩家们正在变得更具进攻性——中国企业正在以尽可能低的价格提供更新、更好、更具个性特征的各种产品，从传统的到高技术的。

过去中国的竞争力有许多抵达不了的边界，但那条边界已经在诸如家电、汽车零部件和机械等行业消失。它即将进入汽车行业的核心，而一波破坏潮已经对医疗设备和精细化工产业造成打击。早期迹象表明，在复杂、附加值高的行业里，如生物技术、飞机制造和装备行业，也出现了新的来自中国的竞争，而人们以往认为新兴的中国企业难以企及这些行业。

对于企业而言，战略最重要的作用是指导发展方向。要明确发展的方向，就必须知道终点在哪儿——对终局的判断直接决定战略的前瞻性，再在对未来假设的基础之上，选择到达的最有效的路径。

这本书试图从宏观和微观两个层面描绘出中国制造未来十年的可能性，并指出中国的先行者们已经探索出的实现这种可能性的路径。如果没有意外，下一个十年，未来的IBM、未来的索尼、未来的通用汽车……一批世界级的企业将在中国诞生。

全球产业格局演变

20世纪80年代我愿意作为一个庸才生在美国，而现在我一定选择作为一个天才出生在中国。

——比尔·盖茨

引自《世界是平的》

每个大时代，总伴随着大国崛起。

一个世纪前是美国，一个世纪后的今天是中国。如德国前驻华大使Hannspeter Hellbeck博士在今年所说，"近二十多年来中国史无前例的上升，也许只有19世纪末美国的崛起，才可与之媲美。"

18世纪，第一次工业革命中蒸汽机的发明不仅使英国的纺织业领先全球，也使经济史发生裂变，西欧国家超越当时居于领先地位的中国和印度，主导全球经济，直至美国崛起。

而有了电才有了通用电气，有了汽车才有了福特。福特式的流水线、标准化、大规模生产使全球经济发生了结构性变化，美国在全球的领先地位在20世纪初由此奠定并保持至今。

经济结构的又一次全球性根本变革出现在20世纪最后20年——信息革命使世界变成了平的，技术、资金、人才跨越过去的壁垒，开始真正意义上的全球流动，使产业在全球的水平分工成为可能。或许是历史的偶然，全球人口最多的中国在同期开始了改革和开放，并在不到30年的时间里成为世界工厂。

虽然中国与20世纪中后期日本、韩国经济成长的路径相似，但由于国土和人口规模的悬殊，以及一个更开放的全球经济环境，中国崛起对世界的冲击远非二者可以比拟。在初期，中国的竞争力体现为低成本的加工能力和规模优势，但随着世界越来越平，中国已开始形成独特的成本创新能力，这一能力对现有全球产业格局的冲击仅仅只是开始。正是缘于此，中国崛起将是一个持续的历史过程，而非短暂的偶然事件。

中国企业正面对着一个剧变的大时代，这个历史性机遇一定有人能抓住，也一定有人抓不住。

Dragons at Your Door
扁平的世界

全球化3.0与其他两个时代的区别不仅在于它如何缩小且铲平了世界，并赋予个体力量，区别还在于全球化2.0和1.0主要是由欧洲和美国驱动的。但是随着全球化的不断深入，这变得越来越不真实。全球化3.0变得越来越不仅仅由个人驱动，而且由来自不同——非西方人，非白人的——团体的个人驱动，那些来自世界每个角落的并且被赋予力量的个人。

——托马斯·弗里德曼，2005年

过去30年，最重大的历史事件是全球化。

从最早的蒸汽机到福特的标准化革命，工业革命在这个时代推进到信息革命。信息革命由IT（information technology）产业发展带动，首先是PC（personal computer）先导的电脑产业发生变化，然后是IT向其他行业渗透，带来水平化、模块化分工，使全球范围内分步式系统合作等成为可能，使各产业的制造、组装等各个环节可以剥离出来，在全球进行外包，与此相适应，资本、人力等资源在全球进行配置。真正意义上的全球化开始了，世界因此变得扁平。

电脑产业的演变描绘了这一轨迹。20世纪七八十年代个人电脑兴起的时候，几家公司包揽了所有产业链的环节，最典型的就是苹果——从芯片的整合到操作系统，到打印机，到所有的外设、软件，全部是由一家公司独立完成的。但是IBM的崛起，包括它所带来的英特尔和微软真正的兴起，实际上是把IT产业变成水平分工，英特尔做芯片，微软做操作系统，康柏、戴尔做组装，应用软件都由各自的企业去发展，形成一个生态圈的概念。而这个平台上的每一个人都尽最大的努力创新，带动了整个平台的发展。

这个结构性的变化，足以解释为什么苹果在1990年到2000年之间，从电脑行业的绝对领袖迅速地衰落成市场份额不到2%的被边缘化了的企业。

而苹果最近一些新产品的出现，是因为它又增设了新的开放性的标准化系统，可以跟微软、PC和其他的标准做对接，才让苹果重新把创新能力扩散到所有的产业。

IT产业格局最大的特点就是模块化、标准化、水平分工。随着IT技术的应用渗透到越来越多的产业，越来越多的行业也变得模块化、平台化，全球的产业链被分解为越来越多的相对独立的环节，从垂直整合变成水平分工。越来越多的产业的结构变得平台化、标准化，不同的企业只生产其中的某些模块。

在这样的开放平台上的通用技术的兴起，已经成为近年来全球竞争最主要的趋势之一。从IT领域里的Linux、Java、USB接口，到生物技术领域的开放的人类基因序列等，大家都在尽可能构建一个标准化的平台，每个人都可以把力量聚焦在某一个环节的创新，而不用不断地做整体的系统创新。模块化的结构最大的好处是创新速度很快，而且成本也可以快速降低。新技术更快地出现，而模块化、标准化的特征使得它们在全球范围内被迅速应用，产品的不同部件得以在不同国家研究、生产、组装和销售。

由于芯片、卫星、光导纤维、因特网的发明，导致通信成本迅速下降，使今天的世界能比以前更紧密地结合在一起。全球的低成本实时沟通成为可能，工作流的出现让大家在全球的各个环节去完成同一个任务。原来必须在同一个地方，由同一个人完成的工作分解到全球各地，这样就能够充分地利用全球各个地方完全不同的资源，做到真正意义上的全球资源整合，包括开放式创新、外包、强大的供应链管理等，世界经济一体化真正得以实现。

世界是扁平的，各地的人们可能利用的全球的机会也越来越一致。而企业与国家也是如此，可以比原来更容易地在全球范围内实现优势，体现价值，而不再局限于原来那个支离破碎的世界格局。

20世纪90年代末，资本、技术和信息的民主化同时来到，曾经存在的似乎无法克服的各种壁垒在迅速消除。对于西方世界之外的发展中国家而言，尤其如此。

技术趋于平台化、模块化，极大地降低了技术壁垒，使得后进国家可以从最简单、最小的模块切入，可以从附加值最低的环节介入，不断地累积经验，累积能力，累积资源，再通过一个个模块往上延伸，逐步突破竞争的壁垒，这样比一开始跟巨无霸竞争要好很多。

众多的后来者开始进入了他们原来无法企及的领域。托马斯·弗里德曼在其书中写道，"今天，可以说所有的人都成了生产者，而今天的全球化也不仅仅是发展中国家将生产原料运往发达国家，再由发达国家生产出成品，发展中国家再从发达国家买回成品。不！今天，由于技术民主化，各种国家都有可能得到技术、原料和资金，也都有可能成为生产者或合同承包人并亲自完成高精技术生产或服务，这也成了将世界编织在一起的更神秘的力量。"

在世界范围内，技术创新的平均生命周期在19世纪约为70年，而战后缩短为50年，80年代再缩短为10年；目前，仅为3年到5年，一些高科技行业的产品生命周期甚至只有18个月左右。产品生命周期的急剧缩短，意味着技术壁垒加速消除，原有的产业领袖无法再安享技术领先带来的超额利润，而后来者甚至可能通过颠覆性的创新超越前者。

颠覆性的创新完全打破了现有的规则和模式，能够推翻现有的势力平衡，甚至改变竞争格局。当颠覆性创新出现的时候，原来的龙头老大往往面对着失败的命运。颠覆性的创新，由于技术上有断裂性，或者是完全不同的技术路径，或者在性价比上会有飞跃，对原来的企业造成很大的打击。

以IP电话为例。基于互联网IP技术的电话最早出现的前七八年内，对原来主流的电信并没有产生冲击，但当它的技术、性能达到了一定程度的时候，其质量、可靠性、价格都已经完全超越了传统电信，就对传统电信运营商产生了颠覆性的冲击。因为是两个完全不同的基础，而且业务模式、运营方式、核心能力、固定资产的投入，各方面都不一样，所以对传统的电信运营商来说是巨大的根本性的冲击。类似这样的技术变革，可以帮助后来者改变整个行业的格局。

而居于金字塔底层的人们，也前所未有地成为了产品和服务的目标客户。发展中国家的人口占全球人口的大部分，而在这些国家中，底层的人、比贫困线好不了多少的人又占据了巨大的人口比例，一直以来，单独给他们提供服务，成本结构很不合理，令他们被隔离在全球市场之外。这个人群的基数非常大，四五十亿人，即使每人仅花二三元钱，也是100亿规模的市场。世界变得扁平，使得一些企业有可能把通向底层顾客的渠道打通，创造新的商业模式去服务他们，聚沙成塔，底层的人也可以成为某种意义上同质化的有价值的市场。

世界在扁平化，其本质是一次全新的成本革命过程。在这个过程中，全球产业格局发生着急剧的变化，横亘在原有的市场领先者、后来者，发达国家、发展中国家之间的历史藩篱正在消失，最有效率地利用全球资源、以最低的成本生产最新的产品、寻找到最优性价比的企业将成为赢家。

过去30年，得益于历史性的改革开放，在空白的基础上诞生、在残酷的竞争中成长起来的中国企业，正在成为可能的赢家。

Dragons at Your Door
开放的中国

> 我终于理解了9%的经济增长率意味着什么——一个从不停止运转的经济，工作昼夜不停的轮班倒以弥补失去的时间。对中国而言，需要弥补的时间是550年。
>
> ——杰弗里·萨克斯，1992年

　　1434年，明朝的皇帝解散了郑和率领的船队，结束了海上贸易和探险，开始了闭关锁国的历史。这也是天朝大国走向衰落的开始。此时的中国，技术在全球仍居于领先地位，直至18世纪工业革命使西方世界崛起。

　　中国错过了第一次、第二次工业革命，当第三次工业革命（信息革命）在美国兴起时，中国开始了改革开放。从1978年开始的改革开放政策，使中国从全球化浪潮中获益巨大，成为这个浪潮中最大的受益者。

中国的改革选择了从农村到城市，从农业到工业的路径。

1978年时，中国是一个庞大而效率低下、为贫困和商品短缺所困扰的农业国，农业占据经济总量的70%，人口的70%是农民。计划体制最先在农业部门被打破，农民分田到户，一定程度上可以自由交易自己的农产品；同时，被允许成立一些简单的小型加工企业——在早期，大部分是粗陋的手工作坊，最初中央政府的规定是，雇佣人员超过8人就违法——这就是后来的乡镇企业。

农业部门的改革不仅使中国收获了农业的大丰收，同时解放了农村劳动力，使他们获得了离开土地出外就业的自由，这为"中国制造"提供了数量庞大的劳动力储备。

在城市和工业部门进行的改革，则使"中国制造"获得了资本、技术和市场空间。

从80年代中期开始，政策放松了对私人成立企业的限制，经济中的私有成分大量增加，使得中国人不再只能从国有企业获取产品和服务，私人企业得以从国有经济的补充逐渐成长为市场中最具竞争力的部分。

而价格改革在经历了混乱的双轨制之后全面放开，中国企业前所未有地获得了产品的定价权，基于价格信号的市场竞争由此成为可能。

同时，中国对外部世界打开了大门——从80年代初起，中国开始尝试开展国际贸易和吸收外国投资，设立了一些经济特区（即西方概念中的自由贸易区），允许外资设立工厂，并向更多的企业发放进出口贸易许可证。

全球化背景下的产业转移方兴未艾，打开大门的中国成为承接产业转移的新洼地，大量外资涌入。他们带来中国缺乏的技术和资本，并雇用大量来自农村的廉价劳动力，为国际市场生产劳动密集型产品。

1992年之前，来到中国的直接投资以香港、台湾等地的华人资本为主。1992年中国宣布要建立"社会主义市场经济"，欧美主流资本开始大规模进入，1992年一年，中国吸收的外国直接投资就是1978年以来各年的总和。

数以千万计的低成本劳动力、国际市场上的先进技术、不断追加的资金，加之中国稳定安全的投资环境，这些因素组合在一起，使中国出现了历史性的起飞——短短数年的时间里，中国已开始成为服装、制鞋、塑料制品、玩具和电子配件等劳动力密集型产品的出口大国。

来到家门口的外资，为中国本土企业提供了学习和模仿的便利，过去与外部世界隔绝的中国人首次可以全面接触西方先进的技术、管理和经验，并进行基于中国现实的借鉴、模仿和复制。

价格的松绑，市场管制的放松，外资和本土私营企业的迅速增长，形成了强大的竞争压力，一直受到政策保护的国有企业大量亏损，难以为继，为此中国政府在20世纪90年代中期全面启动了国企产权改革。虽然这一改革的过程引发了持续至今的巨大争议，但最终中国国有企业的数量从数十万家减少到不足1万家，国有资本大量退出竞争性行业，使得众多私营企业得以支配远较过去丰富的资源，获得了远较过去广阔的成长空间。

进入21世纪，随着中国日益成为全球制造中心，进一步对内和对外开放的要求同等强烈。2001年，中国结束了漫长艰苦的谈判，加入了WTO。6年以来，中国逐步兑现当年的入世承诺：制造业已全部对外开放；在世贸组织分类的160个服务贸易部门中，中国已开放了一百多个，开放比例已接近发达国家的水平；银行、保险、证券等金融业的开放也在按预定的时间表顺利推进。

与日本、韩国的同等发展阶段相比，中国市场的开放程度远远领先，甚至在某些方面比现在的日韩开放得还要多。

改革打破了中国僵化的计划体制，使市场竞争成为可能，中国企业的创造力得以释放。开放则给中国带来了资本、技术和国际市场，也使中国企业在成长初期就置身于国际竞争中。因为中国开放了，因为中国有了市场经济，也因为中国的劳动力完全参与了全球产业转移过程，全球化的进程因中国因素而加速。

2001年后，中国成为全球最重要的投资地。1980年，中国的出口额仅为数十亿美元，2000年超过2000亿美元，到2006年已上升为9700亿美元，成为全球第三大贸易国。

令人印象深刻的数据背后，更深刻的变化正在发生——中国作为全球主要消费市场的重要性日益增长。

在90年代中期之前，对跨国公司而言，中国仅是潜在的市场，仅有少数的高端人群可以消费它们的产品。相当长时间里，跨国公司和本土企业在中国市场上各执一端——弱小的中国企业做农村市场及低端市场，而跨国公司则专注于沿海城市的中高端，低端产品领域内中国企业间残酷的价格厮杀并未波及后者。

但随着中国市场的饱和，爆炸性增长的过去，中国市场的竞争也开始进入白热化阶段，跨国公司发觉它们在中高端领域开始受到中国企业的挑战。

低端领域残酷的价格战迫使活下来的企业选择往更高端突破。在这个过程中，新兴中国企业开始了成本创新——不再是简单、低成本地生产服装及鞋帽等低端产品，而是进入了附加值更高的领域，用低成本生产高科技的、个性化的或专业化的产品，如手机、个人电脑等。同时，在传统行业内，中国企业快速从生产向设计、研发、品牌等高附加值环节扩张。

正日益扁平的世界为中国的先行者提供了外部技术的支持，中国人开始尝试创造性地将新技术与中国市场的需求结合起来。他们进入力所能及的所有领域，尝试提供新产品，寻找符合中国实际的性价比，为普通消费者大量提供不那么精致但足够实用的最新高科技产品或专业产品。

这样的中国故事在各个产业领域内一再上演，提供给全球消费者的经济价值方程式已经被中国竞争者以成本创新的方式改写。受益于全球化的中国企业，它们发动的成本革命让所有人都被压到一个新的环境下生存，此时，它们已成为全球化最大的动力、新的游戏规则的参与者和制定者。

第 3 章
CHAPTER3

Dragons at Your Door
龙在敲门

不能在中国取胜，就会在全球败北。

——松下电器，2002年

比较优势

几项不同于其他发展中国家的独特比较优势，使中国不但从这次全球化浪潮中获益匪浅，更成为它的驱动力。

第一，中国拥有比世界大多数地方更便宜的大量研发人才。理解中国经济，已成老生常谈的一个前提是中国的劳动力优势。但人们过多关注传统上聚集在制造业生产线上的劳工，而忽略了中国具有大量低成本的研发人员，这使得中国企业在许多应用研发领域有了突破的机会。2005年以来每年四百多万的大学毕业生，虽然带来了就业压力，但这对于低成本研发的推动是很大的帮助。

第二个非常关键的优势是过去50年基础研究的积累。建国后被封锁的30年内，为了自身工业，特别是国防工业的需要，中国实际上形成了相对完整的工业体系和自成体系的国防科研系统，在实际上培养了一批相当好的科研人员，而且很多技术都有了一定的积淀。在技术创新当中，特别是在引进、消化、吸收西方技术的过程当中，很重要的概念是吸收的能力，原来的基础如何，决定了消化、吸收的水平和速度有多快。这是中国过去留下来的优势。最近的载人火箭和探月计划的成功，再一次显示了中国在基础科研方面的积累和实力。

中国在研发方面有些突破的企业，往往技术源头都稀奇古怪，不知道某个地方某个研究所的某个人，花了20年研究出什么东西，跟市场一结合，就变成了很好的应用。

第三，中国大量的海外留学工作人员，是非常重要的人才储备。从1978年以来，有近百万人出国留学。大部分人获得了硕士、博士学位，并积累了很好的工作经验。其中25%左右已经回国，对中国高科技企业的发展做出了重要的贡献，如中星微、无锡尚德、展讯通信等。

中国具有很好价值的研发基础，大量廉价的研发技术人才，现在又跟站在科研最前沿以及管理能力比较强大的"海归"力量结合起来，这一独特的组合正在释放出巨大的能量，奠定了下一阶段中国企业技术突破的基础。

第四，中国市场不但高速增长，而且有很多特殊性，某种意义上，构成了中国企业发展的天然港湾。

比如联想最初能够起来，就是因为有汉卡，为什么有汉卡？因为汉字的输入系统跟英文完全不一样。中国市场的特殊性，让中国企业可以先有根据地，把东西做出来，再慢慢向外渗透。这些天然的根据地对于弱小的中国企业在早期的发展至关重要。而有中国特色的巨大本土市场，又为中国企业的差异化竞争提供了可能。

中国一方面低端市场巨大，使企业有可能形成规模效益，同时市场跨度又很大，几乎从最低端到最高端都有，这样又逼着企业锻炼出很多新的能力，像多样化产品的供应能力、复杂的渠道管理能力，等等。因此，在残酷的市场竞争中生存下来的中国企业具备了强大的攻击力。

从金字塔底端开始

从世界范围看，中国的大众消费者都可以视为金字塔底端的人群，他们构成的市场，是中国企业在成长初期积累能量的场所。

在这个底层市场中，支付能力有限的消费者最关注的就是价格，产品的性能和质量并非胜出竞争的最重要因素。这是跨国公司完全不熟悉的市场，它们无法习惯在这样的氛围内生存；中国企业却如鱼得水，它们与这个人群的基因相同，知道需求在哪里。

这个市场一定会发生价格战。残酷的价格战迫使中国企业把有限的资源优势发挥到极致，把成本做到了别人想象不到的程度。这个市场则为价格战中活下来的企业提供了足够大的规模——这个规模令人吃惊，格兰仕生产微波炉，上来就是100万台、500万台、800万台、1200万台，完全是几何级数增长的规模。规模效应带来的是成本的快速大幅度下降，竞争对手往往一下子就被打乱了，因为双方的规模往往完全不在一个量级上。

在价格战中成长起来的中国企业其生存能力一定是最强的，它们可以把底层市场做得无比扎实，把性价比做到最优，然后再向产业链中附加值更高的环节突破，通过一个个细分市场进入中端。

面对中国企业的进攻，跨国公司一般选择往高端退，但越往高端规模越小。跨国公司面临的困境是：除非创新的速度可以超过中国企业学习的速度，否则很可能是死路一条——中国企业在下面把规模做大后，完全有能力从容地一个一个占领更高的细分市场。

向世界学习

全球化为后来者打开了知识的大门：新工人除了利用他们自己的头脑和体力，还可以利用世界所积聚的知识和技术，而且后者的利用比例在不断提高。

随着世界上的知识越来越系统化，并从硅谷人士等特殊群体的头脑中转移到电子图书馆或者互联网上，以低成本将新概念和新技术结合的可能性注定会增加。在这种系统化的知识中，有部分是拥有知识产权的，但正如托马斯·弗里德曼指出的那样，大部分知识将可以为世界上任何地方的任何人所用。

正是这个获取和吸收新技术的新机会，使中国产业的生产力自1995年以来一直以每年约17%的速度增长（不包括由国家直接提供的公共服务）。众多新兴的中国企业是发展的先头部队，它们表现出了惊人的学习能力，通过多种渠道向世界学习——搜索互联网，观察跨国公司在中国的经营，聘请外国专家、供应商或专业服务公司为它们在中国工作，与外国公司结盟或收购外国公司，以及建立海外研发和设计中心。

模块化、水平分工造就世界工厂

随着外包业务看似无情的扩张以及产业价值链被分拆成"即插即用"的模块，新来者打入全球市场的机会将增加。这是因为，这些本为了节约成本和让更多企业专业化的发展，也让新进入者参与到全球联赛中来。这些新进入者们尚未获得提供一套完整解决方案的必要技能，而只是把精力集中在这些模块化行为中的一种上。

这种趋势对中国企业最大的意义是降低了技术壁垒。

例如在手机行业，中国企业之所以能在2003年有很大的突破，很重要的原因就是产业链当中原本被整合在诺基亚、摩托罗拉这些大企业中的设计环节被剥离出来，产业链当中突然多出独立的设计公司这一环节，得以使中国企业克服技术壁垒，进入全球市场。

这个因素现在越来越明显，像汽车行业，奇瑞之所以能够快速地推出这么多产品，很重要的原因就是跟意大利的设计公司、奥地利的发动机公司有很好的合作，实际上在全球整合资源，借助外脑的力量，在产品层面上进行创新和整合。这是很大的机会，而且跨国公司在过去20年，反复强调的是聚焦、外包，换句话说，它们把产业链中越来越多的环节让了出来，中国企业正好可以把很多这样的产业环节接下来，这是很大的产业演变的趋势。

中国企业进入世界竞争的壁垒由此大大降低。由于水平分工，中国企业现在可以只从组装和制造这个环节切入，而当年日本企业的崛起是靠把汽车和电子两个行业全部吃下来才进入了世界之林，那需要产业政策的极大倾斜。韩国则是拿全国的力量集中去拼几个产业，才形成了一些突破。但是中国因为完全适应了全球化的浪潮，由于模块化，由于水平分工，我们相对轻松地把别人组装和制造的环节拿到手上了。

只有当中国企业开始崛起的时候，西方才有可能把制造环节都剥离出来，迅速地移到中国，使中国从一个低端的制造业中心变成所有制造业的中心。中国制造的崛起与世界的扁平互为因果，这就是为什么"世界工厂"的称号，既非日本亦非韩国，却独独为中国所得。

全球两极分化

一位社会学家做过分析，全球化时代其实没有第一、第二、第三世界的区别，每个国家都是全球化的一部分，任何一个国家、企业或个人，或者参与和分享全球化的果实，或者根本就不能进去，沦为底层，世界将两极分化。

近年来，在西方社会一个重要而显著的现象是中产阶级在萎缩。一个重要的原因是全球化使中国和印度的数亿人口进入了制造业，欧美、日本这些发达国家的低端工作，原则上都将转移到成本更低的中国和印度，西方国家中不能提供差异化劳动的人群，他们整体的工资水平一定下降，中产阶级的一部分向下滑落成为必然。

在中国国内也是一样，能够参与全球化、分享这个盛宴的人变得越来越富有，甚至是国际级的富有，但那些非技术工人的相对收入并没有提高。可以看到中国和世界都在两极分化，而且在互相影响，这就形成了一个很有意思的宏观格局——某种意义上，只有当中国和印度的劳动力基本上被世界市场吸收完之后，中印的整体工资水平才能够往上拉，美国、欧洲如果转型成功，也才可以重新把本国的低端人群纳入一个新的全球产业分配格局下，那个时候可能全球的人均GDP将到达一个更高的层面。这就是文明的进步。

但在那一天到来之前，全球消费市场将受到两极分化的冲击，产品的性价比均衡将向下调整，而中国市场将更为重要，国内市场和国际市场的边界将更为模糊，中国企业与跨国公司的全球竞争将在本土和海外同时进行，对于具有成本优势的中国企业而言，这并非坏消息。

价格战将持续

许多人认为中国企业家不理性，为什么总要打价格战，为什么不去做技术……现在看来，在全球化背景下，价格战可能是常态的竞争格局。

人与资本的供给都变得无限大，在人与资本都没有壁垒时，很多新的产业技术能够维持垄断利润就只有短暂的刹那，产品生命周期变得非常短，任何一个技术只要能够模块化复制，基于这项技术的产品立刻会变成同质化的竞争，利润立刻就会降到非常低的状况。

经济学家约瑟夫·熊彼特早在1942年就指出，增长的过程是"从内部持续革新经济结构，旧的技术不断被破坏，新技术不断产生，这一创造性破坏的过程就是资本主义（在此理解为市场经济）的精髓"。

当中国企业参与到全球竞争后，"创造性破坏"的过程在加速。任何一项新技术，只要模块化、标准化，中国企业就能很快掌握，而一家中国企业学会了，全中国的企业很快就会学会，然后会有新的价格战。没有人能想到产品可以便宜到这种程度，存活下来的企业有点像超人，肯定比任何一个跨国公司都要强，然后再回过头来挑战跨国公司，这是非常新的生态圈。比如，在通信技术领域，任何一个技术，只要华为做出来了，跨国公司就大幅度降价，否则它们将失去市场。

"更平的世界"为中国公司打开了门，利用它们最基本的成本优势，以新的方式来与老牌公司竞争。当它们这样做的时候，来自低成本国家的竞争者与高成本地区对应者之间的差别将进一步扁平化，推动全球竞争进入更有效的全球资源配置和经济价值创造。

用成本创新颠覆全球竞争格局

全中国的企业都在拼成本。如果说，中国企业最初的成本优势来自于天然的成本优势——廉价劳动力和规模效应，以及市场不完善时人为压低和扭曲的资源低价，那么目前，许多中国企业已经开始确立创新带来的成本优势，即"成本创新"。以低成本的方式进行技术创新，以技术创新的方式降低成本，这将成为未来全球竞争的核心。

虽然自主创新已是中国的国家战略，但目前中国企业离原创基础技术的研发还有相当的距离。中国的自主创新，更现实的路径是通过应用型技术的创新实现性价比飞跃。

为了获得更高的投资回报，国际市场上的老牌玩家们只在那些愿意为高价付费的部分市场推出新技术，然后逐渐把这种技术转移到价格较低的规模市场上。但全球化给新兴中国企业带来了巨大机会，它们可以运用高科技来削减成本，并大大提高大众市场现在希望购买的各种产品的经济价值，它们的成本创新截断了老牌玩家获取超额利润的能力，加速把高科技引入大众市场。

最主要的竞争，在中国市场上看得很清楚：中国企业不断从低端往高端走，跨国公司不断从高端向下面渗透，它们将在中端市场短兵相接，决定成败的因素将是性价比。

成本创新将颠覆全球竞争格局。我们从接下来的许多案例中看到了曙光，也看到越来越多的中国企业正在沿着这一轨迹前进。在它们之中，将出现多家世界级企业。

下一个十年之后，也许"中国创造"就会出现，但这已不在本书讨论的范围之内。

中国制造的秘密

穷人的创新

每一条成文规范当中，都熔铸着由利益驱动的自发努力、创新尝试，以及那些"家伙们"出了格的想象力和看似疯狂的行为。

——周其仁，1997年

几何学创始人阿基米德曾言，给我一个支点，我可以撬起整个地球。1978年时，没有人可以预见，贫穷而封闭、农业占国民经济比重达70%、技术落后西方国家100年的中国，在30年后，会因其强大的工业制造能力而使曾遥遥领先的西方国家深怀警惕。从打火机、玩具、服装、家具到电池、洗衣机、集装箱、数据交换机，数以亿计的"中国制造"每天运往全球各地，而它们的本土生产商正以前所未有的速度逼近并力图超越各个领域内的全球巨头们，他们已成为这个时代最富进取心的一个群体，而他们的野心从未如此富有现实感。

饱受压力的西方竞争者们批评，"中国制造的价格不符合经济规律"。这样的指责或许并非全然强词夺理，它提出了大部分人的疑惑——中国制造如何将成本控制在"不合理"的低处？

愈来愈多的西方政客、学者、企业主和公众倾向于将之归因为中国不合理的经济制度——被大大低估的人民币汇率、不公平的政府补贴、血汗工厂和不加限制的污染排放等等——并要求本国政府限制对中国贸易。

这些因素当然都有影响，但是指责者并未发现中国制造的真正秘密。中国的阿基米德式支点是人的创造力。十几亿渴望摆脱贫穷和落后的中国人，在不断解除束缚的过程中，进行着由利益驱动的自发努力，以西方人难以想象的方式尝试创新。"这些家伙们"出了格的想象力和看似疯狂的行为，使他们一再突破西方领先者们所固守的可能性边界，在全球化带来的成本革命的过程中，将低成本优势和规模优势发挥到极致，使一个又一个手工作坊蜕变成国际水准的现代化工厂，实现了规模浩大的追赶和超越。

没多少钱，还得活命，还得朝前走，这就是中国的企业家当初面对的现实——螺蛳壳里做道场是他们的宿命。穷人的创新，因此成为他们救命的稻草和未来的阶梯。

可以看到，每一个获得巨大成就的中国企业，其背后都有一个或一群具有异乎寻常的进取心、学习能力和想象力的灵魂人物，在他们的带领之下，在几乎空白的基础上被逼出来的整合创新、流程创新、颠覆性创新等成本创新战略显示出了强大的生命力。他们的共性就是能够把中国的比较优势（最核心的就是低成本劳动力）创造性地转化为自身的竞争优势。他们为中国制造赢得未来的全球对决奠定了难得的基础。正是这样的人群、这样的创造力，构成了中国竞争力的内核。

这一篇，讲述的正是这些先行者的故事和他们的创新战略。

第 4 章
CHAPTER4

Dragons at Your Door
整合创新

你离用户的心越近，你离竞争对手的距离越远。

——张瑞敏

海尔：赢在缝隙间

从洗地瓜的洗衣机到不用洗衣粉的洗衣机，再到酒柜、书桌式电冰箱……海尔一次次复制洗衣机模式，针对一个又一个细分市场的独特需求，整合全球资源，最终形成了强大的实力。

海尔本不是做洗衣机起家，它的技术基础仅仅来自1995年兼并的红星电器厂与广东顺德洗衣机厂，当时市场竞争已经很激烈。

从一个并不高的起点出发，海尔通过集成过去的创新能力，整合全球的设计和研发，最终形成颠覆性创新的实力。虽然在海尔集团的其他产品上同样可以看到这种成长过程，但在洗衣机上，这个成长路线更加明显而清晰。洗衣机的发展路径凸显了海尔的成功模式。

用户需求最重要

海尔模式的源头，可以追溯到洗地瓜的洗衣机。

海尔掌门人张瑞敏对于市场有着深刻的洞察。他认为，任何一个市场总有发展机会。只要能做到两点，海尔洗衣机不但不会不好卖，而且还会脱销。第一，如果消费者买洗衣机，每一台都买海尔，这就是品牌效应；第二，海尔能够创造出新的需求，大家都需要，而过去没有产品满足，这就可能创造出市场需求。

张瑞敏去四川考察，发现当地洗衣机的返修率特别高，查了问题就发现排水管老是堵塞，问什么原因，说当地农民用它来洗地瓜。张瑞敏说我们为什么不做一个专门洗地瓜的洗衣机？这款洗衣机没有别的改动，只是加大了出水管，便于排沙，在当地非常受欢迎。后来这个思路延伸到其他地区，做出洗酥油的洗衣机、洗龙虾的洗衣机；在中东，海尔根据当地居民的消费习惯，做出专门洗大袍子的洗衣机。

这只是最简单的创新，或者说是概念性的突破。海尔在洗衣机上的第一次整体成功，是来自"小小神童"，那是海尔在销售淡季创造出来的市场。

1995年，已经被海尔兼并的红星电器厂开始研发第一代小小神童洗衣机。当时，洗衣机行业都知道夏天是洗衣机销售的淡季，却从未有人去琢磨这里面的原因。海尔接手红星后，第一件事情就是调查，为什么到夏天的时候消费者不用洗衣机？

结果很快出来了。90年代中期，市场上最小的洗衣机是3.8公斤的双筒洗衣机，又大又笨。海尔在调查中听到一个故事：上海电影学院一位教授的女儿，给父亲买了一台小天鹅的洗衣机，但老两口却抬不动。这样的大型洗衣机在夏天尤其显得不合用，因为洗衣服频率高，耗水耗电耗时间。

如果能够开发出一款不耗水也不耗电、洗衣时间很短、同时很轻便的洗衣机，消费者会不会改变？海尔深入调查了城市中洗衣机的主要使用者，最后得出结论：大家夏天都不用洗衣机，是因为夏天的衣服少。如果海尔开发出小洗衣机，夏天可以把三口人一天的衣服洗一遍，在冬天则可以洗内衣，或者专门给孩子洗衣服。从这三个市场需求入手，海尔整合现有资源，封闭开发，几个月后，1996年，代表一种新需求的小小神童洗衣机问世。

现在，海尔小小神童已经发展到第18代，累计销量超过500万台。韩国三星、日本东芝和松下、欧洲伊莱克斯、中国的小天鹅等企业随后都提出了小洗衣机的概念。

自此之后，用户需求第一，成为海尔的一条准则。

整合带来创新

从洗地瓜的洗衣机、双动力的洗衣机，到不用洗衣粉的洗衣机、能让衣服跳舞的洗衣机……从最初的概念式的突破，一步步走到应用技术上的突破，基础技术的突破，海尔的整合创新本身也不断创新、升级。

从洗衣机的发展来看，全球的主流有三类：一种是美国在1911年发明的搅拌式洗衣机，第二种是欧洲在1928年发明的波轮式洗衣机，第三种是日本在1958年发明的滚筒式洗衣机。但在具体使用中，每种类型都各有各的问题：比如搅拌式洗衣机体积很大，往里面放衣服必须要注意搅拌棒的位置，尤其是洗毛毯的时候；波轮式洗衣机开盖很方便，但洗完了衣服全缠在一块；滚筒式洗衣机，洗衣时间特别长，侧开门亦不方便。

能否扬三者之长，避三者之短？1996年，海尔做了一次比较大的调查，来分析其中的潜在需求。能不能研制一款全新的产品，既如滚筒洗衣机般磨损小，又如搅拌洗衣机一样洗得均匀，而且像波轮洗衣机一样速度快又洗得干净？想到这个的并不只是海尔，美国、欧洲人以及所有业界的人一直在研究，但一直苦于无法突破。

2000年，海尔洗衣机本部的工程师吕佩师偶然在飞机上看到了一份杂志，上面介绍欧洲的一种吸尘器，通过两个动力的切换，可以避免重的东西吸不起来的问题。仿佛暗夜亮起一盏灯，吕佩师由此提出双动力洗衣机的概念，在波轮转动的同时，滚筒也转。

海尔随即成立一个四人团队，试制出新产品，结果发现这种机器产生的水流与传统产品完全不一样，而其达到的洗衣效果，也基本能解决此前遇到的问题。

于是，经过一番论证，从2000年底开始，历时近一年，海尔确定了方案细节，进入生产。这一年多的过程并不轻松。相比双动力思路的提出，其动力源的实现更难解决。普通洗衣机是一个电机作用在波轮上，现在还要增加一个电机作用到滚筒上。最后的解决思路是，通过一个减速离合器，输出一个力，通过一个电机输出两个作用力。输出两个力是通过齿轮啮合实现的，因此对齿轮的硬度要求非常高。而齿轮啮合带来的问题是噪声过大，于是就加个油的密封。随之而来则是油的密封问题。所有这些，由于国内基础生产水平不够，海尔都要依靠海外的供应商来提供配件。

这一方案的技术难点是能产生"双动力"的电机，当时国内无法解决此难题。海尔通过专利检索，发现韩国一家公司曾生产过类似电机。于是，海尔委托这家公司开发电机。同时，海尔紧锣密鼓地着手撰写专利文件，使得韩国公司开发的电机等均在海尔的专利保护范围之内。电机问题迎刃而解，"双动力"洗衣机顺利面世。海尔双动力受17项专利的保护。

2002年3月，海尔双动力洗衣机在青岛市首先尝试，用户看完之后，觉得非常好。到3月24日，在广州、北京、上海同步上市，效果非常好，用户增长非常快。随后两年内，海尔"双动力"进行了9次升级，从普通双动力、保健双动力、不用洗衣粉的环保双动力、拥有8项领先技术的变频A8双动力到现在最新推出的能让衣服跳舞的仿生双动力。仿生双动力创新采用仿生学的震动原理，创造一种全新的洗涤方式，洗涤时，可使衣物始终处于蓬松状态，上下舞动，不仅很好地避免了衣物的缠绕，且磨损率仅为普通洗衣机的1/3，洗净比比普通洗衣机还高50%。同时，采用了国际领先的PTC蒸汽烘干技术，实现了洗涤、脱水、烘干一次性完成。2005年，双动力全球的销量突破100万台。2005年6月，全国家用电器标准化技术委员会正式向外界宣布，海尔"双动力"被纳入2006年国际电工委员会（IEC）国际标准提案。

在双动力的同时，海尔还推出一些简单的整合创新，比如衣干即停的洗衣机。海尔的工程师介绍说，那种带烘干功能的洗衣机，在不同地区很难决定什么时候停下来。而海尔就根据机器桶内的湿度，加入一个感应器，达到一定刻度就停止运作。这样很好地保护了衣服，也节省了能源消耗。而这种感应器，不但成本低廉，在市场上也很好买到。海尔只是在产品上整合了这个思路。

在研究双动力的同时，海尔洗衣机也在沿着一条路线前进：用户买洗衣机不是要洗衣机，是要干净的衣服，怎样让用户少用电、少用洗衣粉？相比不用电，不用洗衣粉更好实现。

此时，包括海尔和欧洲、日本企业在内，都想到研发不用洗衣粉的洗衣机。海尔已经研究了多年，包括超声波、臭氧还有负离子，做了很多次实验，但都以失败结束。日本企业推出的产品也是很快消失。

"之前的研究，大多局限于为了研究洗衣机而研究洗衣机，比如研究怎么让衣服不缠绕，研究怎么用洗衣粉把衣服洗干净，"海尔洗衣机本部的曹春华部长解释说。这也是大家一直无法突破的原因。后来，海尔想到先分析洗衣粉能够把衣服洗干净的原理。

海尔请来专家，查阅图书，购买资料，发现洗衣粉洗干净衣服是两步：

第一，洗衣粉必须是弱碱性的。因为人的皮肤为了防止细菌生存和入侵，都要保持酸性。而为了洗衣服，洗衣粉必须是碱性的。

第二，洗衣粉必须能够产生泡沫，才能把溶解下来的污垢结合起来，冲洗掉。

沿着这个思路，海尔开始整合现有资源。首先，在国际市场上已经有饮水机可以产生碱性水，把这种原理利用起来，海尔请来美国、欧洲和日本的专家一起研究怎么把它运用到洗衣机上。

电解模块早就存在，但是把电解用在洗衣机上则要做很大改变，因为洗衣机的电解和一般的电解是不一样的，它是电解分离出碱性离子。为了做这个电解模块，海尔做了很多试验，最终的成品完全是自主知识产权，包含35个专利，其中发明专利是17个。这个模块在功能上也得到提升。它实际上包含了26个软硬件，而一个洗衣机一共也就100个零件左右。

然后是怎样产生泡沫。海尔把中科院以及洗衣机国家质量检测中心的一些专家请来，也与美容方面、化妆方面的一些专家进行交流，同时，把中国42个地方的水都调到青岛来化验，把世界各地的水都调到中国来化验，经过成千上万次的实验，终于得到了理想的结果。

2003年9月，海尔向全球用户推出不用洗衣粉的洗衣机。从设想到实现，海尔用了大约五年时间。从"洗地瓜的洗衣机"灵机一动的点子式突破，到不用洗衣粉的洗衣机所实现的颠覆性突破，海尔用了不到十年时间。

模块化海尔

海尔洗衣机本部有一个理念：海尔洗衣机专为您设计。设计什么呢？就是设计需求（现有的和潜在的需求），结束抱怨。在这种理念下，海尔不断挖掘可能连用户都没有想到的需求。

这种围绕需求做文章的思路来源，同时来自海尔对不发达地区和发达市场的把握。海尔总结并发挥了两个优势：反应速度快和产品创新。

一是快。需求发现之后，谁对顾客的要求响应得更快一点，市场机会就会更多一些。在国内的市场上，海尔经常根据用户的需求反馈，或者主动捕捉一些用户的需求点，快速地开发出产品，投入市场。像洗地瓜、洗龙虾等个性化的产品，均是这种思路。

在海尔内部，收集信息的渠道多种多样，顾客的反馈能够直接到达研发人员手里——海尔有999客服电话，经常跟消费者开座谈会，聘请专业公司做市场调研，开发人员也深入市场。

售后服务的反馈信息有的到技术部，有的到维修中心。如果不能解决就及时反馈，海尔专门有企划部门会整理这些反馈给研发部门。还有人专门负责分析用户来信。同时，每当员工出差到外地或国外，总会习惯性地去卖场看看海尔的产品，并与其他产品做比较。这些信息海量地集中起来，然后进行分析，发现用户的不满意点和新的需求，这就是未来产品发展的方向。

在国外，当地公司在反应速度上相对较慢。海尔没有复杂的内部运作流程，一个产品从概念形成，到决策、开发，再到推广上市，对海尔来讲，这个过程相对比较快。海尔的做法与跨国公司略有不同，客户有什么要求，海尔可以先把产品做出来，再去谈价格，跨国公司一般要先谈好价格，再去做。

二是创新，主要是在产品应用层面。海尔选择的是在当地市场不会和本土品牌引起正面冲突的一些新产品，或当地很少甚至没有的产品。对于这些产品，当地用户也有需求。而且，对于这种新型产品，海尔在品牌上的劣势会低一些，因为用户在这种不存在比较的产品上，更易于接受新品牌。

海尔有一套严格的研发流程保证产品能够顺利进入市场并取得一定的销量。以洗衣机为例，洗衣机本部的所有技术的积累都形成模块的形式。以模块经理为产品起点，海尔内部分成模块经理、型号经理和产品经理。

1998年，海尔开始实行模块化。

在研发中心，专门有一个模块库，把一些可以做成标准化的部件整合起来，形成模块。然后由专门的模块经理负责，不仅把新的技术放进去，而且要不断更新旧的模块。这样，以后的产品研发开始前，首先要看一看模块库里有没有可用的现成产品，如果没有专利障碍的话，就可以节省一些步骤，直接进入改进阶段。

2000年，海尔开始加快对模块化的推进速度，使模块全部都建在一个平台上，全球的海尔工程师都可以来查找。以洗衣机本部为例，目前在国内，洗衣机的大的模块大约有一百多种，包括电控模块、机械控制模块、内外控结合模块等等。

按照海尔内部市场链的顺序，与模块经理联系的是型号经理，负责整个产品从研发到推入市场的整个过程，然后由产品经理负责市场的销售推进。

模块经理的业绩完全和市场挂钩。模块经理创造的模块，面临的首要问题是型号经理愿意不愿意要（内部的购买），如果没人要，模块经理的研发投入就要计入个人亏损。这是一个市场化的关系。型号经理根据设计的产品，加上之前的市场调研，依照可能达到的销量来进行生产——赚了是自己的业绩，亏了就要计入个人的亏损之中。这样，型号经理、模块经理就必须努力创造更好的性价比产品。

型号经理为了完成目标产品，可以选择在公司内部成立MMC（小型公司），以团队的形式进行，比如双动力的实现就是一个团队来完成的。团队开始之前要明确每一个人的资格和责任，完成工作要奖励，完不成要惩罚。这样在MMC和集团之间形成了一个保护层。在团队中解决问题是个人和团队的问题，而团队和集团之间则解决产品最终能否实现的问题。有时候，为了解决涉及到许多环节的瓶颈问题，还会成立专门的团队，抽调不同部门的人，对资源进行整合。

海尔实行模块化带来的另一个显著好处是：降低生产成本。洗衣机的花色品种非常多，多样化带来的直接结果就是成本不好控制，不仅包括材料成本、制作成本，还有产品的效率，产品多了，带来的问题也多。模块化恰好是一个良好的解决方案。在海尔实行模块化之前，海尔洗衣机本部的零部件种类大约在24 000～26 000件之间，在实行模块化之后，2006年，海尔估计需要的零部件种类可以控制在3000～5000之间。

模块化程度高了，采用起来就有成本优势。集团把模块整合好，进行全球化的采购，成本上可以低一点。而且，零部件模块化以后，因为有专门的人负责更新和测试，其可靠性也会加强。把可靠的模块整合到一起，整机的质量也相应有所提升。

这种综合的能力使得海尔在洗衣机产品上的竞争优势加大了。海尔小小神童洗衣机推出后，竞争对手花了很长的时间才做出来，而海尔已经卖了五六百万台。双动力洗衣机上市三年多，仍然没人能够做出来，一方面是专利保护，另一方面是双动力控制模块很难实现。

海尔已经把双动力变成高端洗衣机的基础配置模块，在高端产品里普及，形成更强的市场竞争能力。而且，双动力在三年里已经做了九次升级，从普通的到变频的，到可以洗羊绒、洗毛毯的，"需要什么功能，只需要在这个基础配置模块上添加就行了。"

海尔洗衣机的业绩是对这种创新能力最好的反映。1995年，海尔洗衣机销售额大约是3亿多元人民币，到2006年，这个数字超过60亿。

复制洗衣机模式

在其他产品上，海尔也是运用这种方法，进入国际市场亦复如此。

酒柜，在美国是一个很小的细分市场，纯粹是缝隙市场，只是给葡萄酒爱好者提供的产品。产量很少，主要是对葡萄酒的温度要求很高的用户使用，产品粗糙，设计很不时髦，价格也很贵。

海尔发现这个产品完全可以变成大众化的产品，于是利用自己对冰箱的理解和制造的设计能力，很快设计出一款放在客厅里，很时髦、很漂亮的酒柜，价格只有别人的一半，并跟沃尔玛合作，开始在全美国大量地销售，卖得非常好。一下子这个产品在美国火了，达到80%、90%的市场份额，维持了一两年，直到后来美国的企业开始拷贝，这个市场份额才跌到50%多。

这是典型的把缝隙市场做大做成相对来说主流的细分市场。海尔之所以能做到，是因为有冰箱大规模制造的能力作为铺垫，没有额外的成本。设计生产这样的产品，对海尔来说是边际成本，但对原来的缝隙企业来说就是全部的成本。

海尔进入美国市场，基本上全采用这种方式，小冰箱、透明酒柜，葡萄酒的储存，专门针对美国的学生宿舍开发的带折叠桌面的书桌式的电冰箱（电冰箱的桌面折叠过来就是一个书桌，特别适合相对来说面积比较小的美国宿舍），全是做这种缝隙市场，因为这种细分市场是最容易发现用户需求的地方。

它的理论就是进入国外市场，通过缝隙，像劈柴一样，这边劈道缝，那边劈道缝，等到缝多了，木柴就全裂开了。这是海尔海外扩张中，从缝隙市场进入到主流市场的思路。

- 坚定地站在用户的一边，设计需求甚至是创造需求。
- 非技术性的创新系统化非常关键，创新不能仅仅停留在点子上，它要有可持续性，要有组织、文化、体系及能力等方面的全面支持。
- 捕捉本地的机会，在全球整合资源。

海尔把这三点糅合在一起，这种模式叫做整合创新。在一个充分竞争，而且大家都认为没有任何空隙的市场里，海尔创造了非常令人吃惊的业绩，这个业绩的支撑点就是整合创新——技术每一样都是现成的东西，每一样东西都不是海尔独创的，但把它们联合在一起的方法是它独创的。

整合创新的战略非常适合中国企业未来十年快速提升竞争力，全面参与并逐步主导全球产业格局的演变。由于综合国力、教育科研的基础体系等因素的制约，中国企业要在原创、高端、前沿的技术领域突破，暂时还有相当困难。中国企业未来十年的主要目标还不是发展成以美国为代表的研发型的大投入、大产出的企业，像微软、思科那样。

中国企业未来十年最大的发展机会在于运用整合创新的

战略横扫欧洲、日本的细分市场里的隐形冠军。这些隐形冠军是在过去近百年的工业发展中逐步形成的。它们聚集的行业往往具备以下特点：中等技术难度，相对技术比较密集，应用型研发，中等劳动力（主要是熟练技工）密集，中等资金要求。

过去，这些企业的积累让它们看起来高不可攀。然而，它们却是下一阶段中国企业整合创新的主要目标。

经过30年的努力，中国企业在技术、人才、资金、产业理解方面已经到了一个厚积薄发的时候。不管是用逆向工程、核心人才引进，还是自主研发，中国企业都在快速突破这些隐形冠军的技术壁垒。而一旦突破了技术门槛，我们就可以利用中国市场廉价的研发能力，迅速地把技术改进、提高，同时利用中国的人力成本和大规模制造的优势，把产品价格大幅度降低。而产品价格大幅度降低往往会吸引新的用户，把一个小的细分利基市场变成具有相当规模的主流市场，由此进一步发挥中国企业大规模制造的优势，让一个个隐形冠军不得不退出市场竞争。

而这只是第一步。中国企业在中低端做到足够大的规模之后，可以在相对标准化的平台上，用模块化的方式做大规模定制，把这些原本隔离的细分市场逐步打通，最后一网打尽。由于大规模定制可以共享研发平台、技术平台、制造平台和营销，其成本优势是原来的隐形冠军无法想象的。这将在根本上改变全球产业竞争的基础。这是整合创新战略和全球产业整合对中国企业的最佳结合点。海尔的劈柴理论说的就是这个道理。第7章介绍的中集也是这个战略的完美展现。

同时，这样的战略可以和并购很好地结合起来。一个典型的案例是万向集团。它通过整合创新，从万向节这个产品做起，逐步到整车厂的一级配套，在后期开始利用并购加快发展速度。现在它在美国、欧洲已经收购了二十多家企业，全是小型企业，有品牌、网络、渠道和技术，但都是不怎么值钱、做不下去的企业，把它们买下来，保留品牌、技术，把制造拿到中国来，就有很快的提升。

而很多隐形冠军都是第二三代的家族企业，继续往下发展的动力也不是很强，是很好的并购对象。2004年，中国企业仅在德国的企业收购就有三百多起，都是小企业，大概是两三千万欧元到一两亿欧元之间规模的，买的都是机床、机械等高、精、尖的小产品。机床业类似这种收购相当多，而且消化、吸收得都不错，这是很实实在在的发展。原则上，在中等技术难度、产业包含众多细分市场的行业，如精细化工、精密仪器等，整合创新的战略会相当有效。

但需要强调的是，不能把整合创新战略仅仅停留在思路和点子上。实际上，整合创新战略对后台管理要求很高，要看整个体系能否系统化、反复化、规模化。这是整合创新能否落实的关键，也是海尔这五年在内部艰苦推进以"市场链"为核心的全面管理变革的根本原因。

同时，作为资源依然相对匮乏的新兴跨国公司，中国企业必须立足全球整合资源。把全球的资金、技术和人才充分为我所用，而不是仅仅局限于中国。实际上，跨国公司的全球化战略也转向了全新的思路，过去它们的思路是"全球化思维，本地化运作"，现在的新思路是"本地化思维，全球化运作"。看起来只是把两个词换了位置，但是含义完全不一样。在全球化的第一个阶段，更加强调的是全球标准化，但是在现在全球化更高的阶段，在任何本地市场都必须做到最好，思维必须是本土化的。但是本土化是靠真正的全球化的体系、在全球整合资源来实现的，用全球的体系、全球的资源、全球的能力来支持在每一个本土市场都做到跟当地企业一样。更具体地说，原来跨国公司的思路是把成熟的产品拿到中国来，做一些适于本地的简单调整，但是现在它们的思路就是针对中国客户的需求进行研发，但是其研发是建立在全球化一体性的研发中心的基础之上，这是跨国公司管理中很大的思路转变。还处于赶超中的中国企业必须在思路上直接进入这一新的阶段。

Dragons at Your Door
流程创新

> 我们打的就是性价比优势之战。
>
> ——王传福

比亚迪：将机器变成人

一条生产线就要几千万元，一家现金只有350万、既缺资金亦无技术的企业，如何起步并活下来？

中国电池制造商比亚迪的答案是：自创生产线，将机器还原成中国最不稀缺的要素——人。

比亚迪的车间既不欢迎参观，更严禁拍照，是一个充满神秘的地方。那里几乎没有一条完整的流水线，每道工序之间都要用塑料箱来运输电池胚。

逼出来的创新

1995年2月，29岁的王传福靠借来的一笔钱和几个朋友共同创立比亚迪实业，注册资本450万元；除了技术投入，现金约350万元。

当时，他们手头的资源是：三年前王传福被破格委任为中国北京有色金属研究院总院301室副主任，同期被评为国家级高级工程师、副教授，成为总院最年轻的高级知识分子，并由此获得一些实际的生产经营方面的经验——1993年，中国北京有色金属研究院和内蒙古有关方面合资成立了深圳比格电池有限公司，欲利用包头丰富的稀土资源搞新产品开发。

1994年前后，王传福从一份国际电池行业动态中得知，日本将不再生产镍镉电池。他立即意识到这是一个黄金机会，决定马上生产这种电池。

比亚迪所涉足的二次充电电池（蓄电池）是便携式电子能源的一种，它又分为锂离子、镍镉、镍氢和锂聚合物电池。

从1990年起，充电电池的应用开始变得无所不在，市场也迅速扩大。不过，三洋、东芝等一些日本电池制造商占据着世界上90%以上的市场，中国企业很难进入这种技术含量较高的行业。

为了保持在技术上的垄断，日本人禁止出口充电电池技术及设备，甚至禁止在中国投资建厂。90年代中期，中国国内也有不少厂家在做充电电池，不过它们都是买来电芯做组装，利润少，几乎没有竞争力。

比亚迪成立后，选择的业务方向是二次充电电池的OEM（委托加工）市场，并且专攻镍镉电池生产，把产品定为那些用于无线电钻、电锯、应急灯等产品的镍镉工具电池。这些产品在欧美需求量极大，比亚迪工具电池因性能稳定而在这一区域极为畅销。这为初创期的比亚迪打下了坚实的基础。

从生产上来看，蓄电池实际上是一种简单的组装产品，从上游原材料供应商手中买来电芯，再购入一些其他的元件，即可组织生产。能否生产电芯实际上是超越这种参与市场竞争方式的关键。比亚迪从一开始就把目光投向技术含量最高、利润也最丰厚的电芯生产。

当时，日系厂商的一条生产线，至少要几千万元。这种投资能力是创业初期的比亚迪无法具备的。于是，比亚迪干脆凭借自身技术能力，动手设计制作关键设备，然后把生产线分解成一个个可以人工完成的工序。

比亚迪第一条生产线日产三四千个镍镉电池，只花了一百多万元人民币。**这种半自动化、半人工化生产线所具备的成本优势也成为比亚迪日后商战的法宝。**

当时日系厂家生产线全自动化、用机器人，而比亚迪则根据自己朴素的想法改变了这一点。他们发现，人手做大范围的移动，误差不是很大，真正的误差是最后把零配件装上去的误差，所以他们在最后的环节设计了很多简单实用的夹具，不符合它的标准就装不上去。用比较简单的人加夹具的过程，模拟出了比较低端的机器人的概念。这样，相当一部分生产线就变成了手工，而且核心设备也开始逐渐地本地化生产，所以比亚迪最大的优势是固定资产投入非常低，折旧成本相应也就非常低。它的折旧成本可能只有3%～4%，而三洋等全自动的生产线可能要达到30%～40%。十几块钱的电池，比亚迪的成本是一美元，别人都是四五美元，带来非常大的成本优势。

设备投资的大幅降低使比亚迪一进入这个产业，就以40%的价格差猛烈冲击着日产电池的价格体系。比亚迪公司也很快打开低端市场，1995年，公司销售3000万块镍镉电池。

最重要的是，比亚迪以人力居重的自创生产线具有非常大的灵活性。当推出一个新的产品时，原有的生产线只需做关键环节的调整，对员工做相应的技术培训即可。而竞争对手日系厂商的全自动化生产线，每一条线只能针对一种产品，如果要推出新品，则必须投建新的生产线，投资少则几千万，多则几亿。比亚迪在产品种类上又占了先。

王传福深谙其理，后面的竞争依法炮制，"对设备要求越高、投入越多的产品，我们这种方法就越有优势。"

比亚迪自主研发生产和测试设备，不但大大降低了对资本金的需求，而且因为中国劳动力便宜，其实施的生产流程重组和创新（一部分工序采用生产线操作，剩下的全部用手工代替），还充分提升了作为中国企业的低成本竞争能力。用一组数据可以说明比亚迪制胜的关键：王传福的固定投资是日本同类企业的1/15到1/10，而产品的价格，王传福又能做到比对手低30%。

日产10万只锂电池的生产线比较

生产线	需用工人	设备投资	分摊成本 (人民币)	原材料成本
比亚迪	2000名	5000万人民币	1元左右	基本相同
日系厂	200名	1亿美元	5~6元	基本相同

流程再造

随着生产经验的增加，比亚迪的流程也在不断优化。

因为比亚迪把电池的制造流程分解为很多细节，每组工人只需要做一步很简单的工作，也许只是打磨，也许只是把做好的电池放到检测的机器上，然后再把它拿下来在箱子里码放整齐。因此，比亚迪的工人无须经过复杂的培训，只要能够掌握一两个关键性的技巧便可上岗。

所以比亚迪几乎就没有一条完整的流水线，甚至每道工序之间都要用塑料箱来运输电池胚。

除了电池配料以外，几乎所有的步骤都用相应的模具和卡尺来控制质量规格。最终检验电池充放电时间的测试箱，也是比亚迪自行研制的。

王传福非常强调效率，这种以人工为主的生产方式，其效率的提升主要是依靠班组的监督力量来实现。每个生产工序的前方都是班组办公的地方，坐在前面的组长可以清楚地看到每个工人的工作状况。每个班组的办公桌上都堆满了报表，每个工序都要按时按量完成任务。

在比亚迪，最出色的并非流程改造，这种改造其实很容易被同行模仿——现在他们的车间即使参观也不允许拍照，就是因为以前曾发生过参观者偷走制造工艺的事件。

不过，工艺可能被偷走，但很难被照片偷走的则是比亚迪对流程的严格的效率控制，以及在流程中自行研制设备的能力，这才是他们真正的出色之处。

比亚迪这种看似简单的分拆流程其实是非常系统化的，不是说简单地把生产线拆成人工的东西，这代表着与传统不同的研发思路。像三洋这些企业，研发的方向是产品，怎么去改进产品。但跨国公司一般不会去做的另一个方向，则是怎么用研发来降低成本。用研发的方式降低成本，其实杠杆效应是比较大的，如果纯粹靠节约，毛巾里拧水，把成本挤出来，将越来越困难。

比亚迪在应用研发上下了很大的工夫，几乎是一个个原材料、一个个零配件去试，在保证质量的前提下，能不能够尽可能地降低成本，寻找替代的原料，寻找替代的工艺。这点很关键。很多人问日本的企业为什么不能模仿同样的东西，其实不要说日本企业，深圳有几百家做电池的，大部分都是比亚迪的人出去做的，到目前为止，也没有一个人做到比亚迪的成本、质量和效率之间的平衡。这中间有很多管理上的投入、组织上的保证，也有很多经验的积累，显然不是那么轻易能被模仿的。

另外，比亚迪的生产设备几乎全是公司设计部、工程部和电子公司自己制造的。后来，王传福在涉足锂离子电池时，最初就自己搞生产线研发——他求助于几个研究机械的老同学，结合本地成本优势，研发出了独创的锂离子电池生产线。

生产线的自主研发使比亚迪摆脱了国内厂商受制于设备供应的窘境，可以自由提升生产规模，应对大客户的及时需求。再利用人工成本优势，采取劳动密集型生产工序，进一步降低生产成本，提高竞争力和盈利能力。比亚迪的这一成本优势是竞争对手一时间无法企及的。

其竞争对手日本锂离子电池厂商从一开始就走高成本之路，就会受制于设备，无法采取有效的降低成本的措施。比亚迪的成本较日本厂商低40%。而国内虽然早有多家厂商进军锂离子电池领域，但它们都在走日本人的老路，甚至花数亿元将日本老的生产线买下来。而引进技术的结果是受制于人，任何一个零件的替换都需要求助于日本。

王传福利用这种做法硬是把手机电池生产从资本密集型变为劳动密集型——比亚迪的成本比韩国和日本的竞争者低30%到40%，但质量达到同等标准。这是建立在巨大的规模优势之上的经营能力，非一般人能够仿效。

低成本带来规模效应

1996年，比亚迪取代三洋成为台湾的无绳电话制造商大霸的镍镉电池供应商。大霸是美国电信巨头朗讯的OEM，比亚迪因此间接成为朗讯的供应商，拿到了进入日系电池制造商竞争腹地的第一张行业通行证。1997年，台湾大霸增加了给比亚迪的订单，电动工具商正峰、星特浩也成了比亚迪的用户。

1997年，比亚迪开始研发蓄电池市场具有核心技术的产品——镍氢电池和锂电池。王传福投入了大量资金，购买最先进的研发设备，搜索最前沿的人才，建立了中央研究部，负责整个技术的攻关，以及产品性能质量的改进。

大批量生产的镍氢电池在市场上迅速打响。1997年，比亚迪公司镍氢电池销售量达到1900万块，一举进入世界前7名。

当时的市场也给了比亚迪赶超的机会。金融风暴席卷东南亚，全球电池产品价格下跌幅度在20%到40%之间。这虽然对60%的产品依赖出口的比亚迪形成了很大的发展阻力，但在很多日系厂商盈亏线吃紧的时候，比亚迪的低成本优势越发显得游刃有余。这一年比亚迪的增长高达90%，王传福十分得意，"这一现状实际上给了我们机会，我们打的就是性价比优势之战。"

随后，比亚迪抓住了锂离子电池发展的潮流，开始研发锂离子电池。当时买不起设备，比亚迪人就自己制造电池生产设备，在一片中国人不能做锂离子电池的质疑声中，1998年，比亚迪锂离子电池开始批量出货。1998年至2000年，比亚迪欧洲分公司、香港办事处、美国分公司先后成立，王传福杀向了市场竞争的核心腹地。

此时的比亚迪，手中掌握了镍镉、镍氢以及锂离子电池的生产能力，其高性价比的产品迅速得到市场回应。而且，在1998年，比亚迪在无绳电话电池领域也取得了突破：研制出独特设计的增加剂，使性能受气候影响的电池在高温条件也能保持稳定性。这一突破使比亚迪取得了大客户伟易达的信任。

比亚迪的进军把锂离子电池的价格从日本人垄断的8美元

一下子拉到2.5美元，以三洋、松下、索尼、东芝为首的日系厂商面对来自中国的这个新兴对手，第一次感到真正难以承受。

2001年，全球市场所有二次充电电池的交易额达到39.7亿美元，交货量达26.84亿只。在全球二次充电市场，日本生产商份额为79%，其中锂离子电池市场占有率为全球的62%，而在镍镉和镍氢电池市场上，日本三大厂商分别占据全球份额的84%和74%。

比亚迪的出现改写了这种市场格局。

在手机电池行业，为摩托罗拉等手机企业提供配套电池是领先企业必须抓住的市场。这是日系厂商的固有阵地，松下和东芝同是摩托罗拉的全球最大供应商。

为攻下这个前所未有的大客户，比亚迪成立了一个专门的小组，技术部、品质部等部门协同作战。比亚迪客户服务二部经理陈刚当时即是其中的一员。陈刚还清晰地记得，当时锂电池公司所有的人都在一个大办公室中，王传福总是每次加班到最晚的人。为争取摩托罗拉的订单，王经常和员工一起准备材料和样品，测试设备。因为摩托罗拉不仅对配套产品有极高的品质要求，更重视配套厂商有无技术发展潜力。

在专门派人进驻比亚迪进行了长达半年之久的观察后，2000年11月2日，比亚迪顺利通过摩托罗拉审核，并成为摩托罗拉第一个中国锂离子电池供应商。这标志着比亚迪进入高端市场。

摩托罗拉在比亚迪确认了24种产品，其中5种达到了大批量供货。在成功争取了摩托罗拉之后，波导和TCL等国产手机厂商也开始选择比亚迪电池。在随后几年，摩托罗拉全球约30%至40%的手机电池业务全部转交由比亚迪生产。

2001年下半年，比亚迪获得爱立信的订单。加上在摩托罗拉之前的飞利浦，比亚迪一跃而成为三洋之后全球第二大电池供应商。日系厂商订单急剧减少，导致其全自动生产线面临严重的产能不足，除三洋之外日系厂商全面亏损。

而三洋的赢利主要依赖其两个最大的客户——诺基亚和百得。但2002年比亚迪已经开始给诺基亚供货，这一年，比亚迪销售收入达到25亿元，利润6.58亿元，并喊出口号："三年之内我们将取代三洋，成为电池产业的全球老大。"

此时，比亚迪可提供150种不同型号的电池，拥有日产30万只锂离子电池和200万只镍镉和镍氢电池的生产能力。王传福说："中国任何一家二次充电电池生产商的产量也不足比亚迪的10%。"

整合创新，走向更高领域

在自己研发设备降低成本的同时，比亚迪在通过工艺、原料和质量控制降低成本方面也投入了大量的精力。

一项重大工艺变化甚至会带来10倍的成本变化。王传福举例指出：生产镍镉电池需要大量耐腐蚀的镍片，而镍的价格高达14万元/吨，而用镀镍片就可降至1万元/吨，但会影响品质。比亚迪研发中心专门改造电池溶液的化学成分，从而使镀镍片也不易被腐蚀，仅这一项改进就使镍原料的月花费从五六百万元降至几十万元。此外，比亚迪电池生产工艺流程在业内据说最为简短有效，并容易操控。比如正极的制造，比亚迪所拥有的发泡镍工艺可以实现当天制作，当天投入应用，只相当于国外厂商采取烧结工艺制造正极时间的1/3到1/4，极大地提高了生产效率。

原料构成了电池的主要成本，而一般厂家与供应商往往只是买卖关系。为了进一步降低成本，比亚迪与原料供应商形成了极为密切的联系，甚至直接介入供应商的材料开发环节，共同制定降低成本的方案。如镍镉电池需用大量的负极制造材料，如果选用性能较好的国外材料，成本极高。比亚迪与其在深圳的一家供应商合作测试国外产品，明确了国内外负极材料之间的品质差距，制定了提高国产材料品质的详细办法，终于使国产负极材料达到国际品质要求，同时较国外产品成本低40%。由于负极材料应用极广，比亚迪仅此一项，一年就可以节省数千万元。而对比较贵的原材料，比亚迪采取让其效能充分体现的方式，减少用量，相对降低成本。如正极增加剂一吨费用达20万元，比亚迪技术人员利用工艺突破，就提高了10%的工作效能。

比亚迪学会了在技术上不依赖上游供应商，以此来保证对供应商的控制力。比亚迪对客户的反应速度非常高，竞争对手给摩托罗拉送交样品需要六个月，比亚迪只要一周。这对于上游交货时间要求很严苛，品质、成本、效率三方面缺一不可。如果上游供应商的发展跟不上比亚迪的速度，它绝对不会停下来等，如果有合算的代替厂商就换人，没有就干脆自己来做，因为它完全具备这个技术实力。

品质控制是比亚迪的另一项看家本领。在比亚迪，从事品质控制的员工达500人之多，从产品开发到设计、生产和销售、最终服务环节均有严格的品质控制标准。这一专职的品质保证队伍与不同的部门合作，负责制定品质保证模式及品质管理目标、政策和计划，在整个生产过程中，采用广泛的测试和监控。

在比亚迪，品质控制很重要的一点是事后的检测。跨国公司因此受到很大震撼，因为这个思路跟它们完全不一样，它们想到的质量控制是怎么样在研发阶段、设计阶段到整个流程尽可能精密，降低产品的质量问题。而比亚迪却是另外一套思路，一方面通过改进，比如夹具、模具，来减少误差，增加精确度；另一方面是事后百分之百做检测，完全通过质量检测的东西就卖，稍微差一点的可能卖到二级市场充当替换电池，再差一点的重新返工。

由于原来的成本优势足够大，生产线上直接下线的质量比别人差一些，返工之后总的成本还是有相当的优势。这是思路上很大的不同。

通过这些，全国只有比亚迪一家的日产能是以百万只计算，并牢牢掌控着诺基亚、摩托罗拉、博世等超级大客户，将国内那些日产能在数万只的对手远远甩在了身后。

流程创新战略的核心是怎样创造性地利用成熟技术，关键是在生产流程方面的创新。

比亚迪是经典案例，最有特点的是在资本不足的劣势下，利用流程改造，把电池制造这一资本密集的产业变成了劳动密集型产业，最大限度地将技术与中国的比较优势——劳动力结合，获得了外国竞争对手难以企及的成本优势，迅速赢得了市场份额。

第二个优势是以前大家没有注意到的，后来发现其实是很有作用的，就是由于比亚迪有一个很灵活的生产流程，可以比较快速地、低成本地做到品种的多样化。完全标准化的流程，像日系的电池厂，上一个新品种可能需要几周，但是比亚迪把人调一调，加一两个小流程，几天的时间就可能上一个新品种。用比较低的成本，小步多调，满足客户个性化的需求，这是后来发现的额外优势。

半自动、半人工的生产流程实际上在柔性化生产上有巨大的优势，从而既能满足客户个性化的要求，又能做到大规模生产的低成本。手机行业自身非常激烈的竞争要求电池厂家必须做到快速反应、型号多样、成本低廉，这是比亚迪能在这个产业快速崛起的重要原因。

在与跨国巨头进行的性价比之战中，比亚迪大胜——不到十年，这个先天不足的新入行者，成为了全球电池业的老大。

在中国，流程创新在企业中的潜力，常常令跨国公司觉得很不可思议。有一家饮料企业的案例，就令人叹为观止。众所周知，往渠道商发货时，饮料都是装箱。如何避免所发货物中出现空箱的疏漏？当一家跨国公司出现这样的问题，他们马上从美国请来质量专家研究怎么处理，最后的解决方案是在流水线边上装X光机——因为流水线很快，靠人工检测是来不及的，只能用X光机去看每个箱子是不是空的；又设了一个机械手，空的箱子用机械手拿掉。但是来看看他们的中国对手是怎么做的吧：一家中国企业只用了一个土方法，在流水线边上装了一个大功率的风扇，不停地吹，空箱子一旦出现就被会吹掉。效果一样，成本低多少显而易见。

从长远来说，通过流水线进行的创新会越来越难，因为中国的人工成本不断提升，对环保、资源的关注都会对这种模式形成冲击。但这个时间段可能会持续8年、10年，甚至是更长时间。

这种战略创新竞争优势最大的，将是那些生产线可以做到半自动化的机械制造类企业。在越来越多的行业都能看到这种趋势，比如LED的封装、风能设备的组装等。全自动的总体效率难以跟中国的半自动化比拼，即把一条生产线分解成很多环节，核心环节用自动化控制，其他环节由人工完成。这种战略也是中国装备工业整体较弱小的现实选择，但又反过来促进了装备工业的升级。因为被分解后的生产线往往技术难度要低很多，可以比较快地实现本地化生产。当本地的设备制造厂家能力得到提升后，就能配合客户的需求，不断升级换代，最后提供性价比大大优于原来生产线的配套设备。这种螺旋上升的良性循环是中国制造业整体能力不断提升的典型发展路径。

第 6 章
CHAPTER6

Dragons at Your Door
颠覆性创新

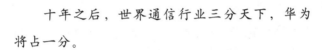

　　十年之后，世界通信行业三分天下，华为
将占一分。

——任正非，20世纪90年代初

华为：大赌大赢

　　"压强原理"：要集中所有资源形成局部突破，逐渐取得
技术的领先和利润空间的扩大，而技术的领先带来了机会和
利润，再将积累的利润投入到升级产品开发和对下一代技术
的研究中，如此周而复始，不断地改进和创新。

　　1990年，华为开始研制自己的数字交换机的时候，任正
非给华为定下了明确目标：发展民族工业，紧跟世界先进技

术，立足于自己科研开发，目标是占领中国市场，开拓海外市场，与国外同行抗衡。

任正非选择的是一条极其艰辛的道路。作为发展中国家，中国打开国门后，吸引别国眼球的只有市场，作为高科技、高附加值产品市场，中国的通信市场首当其冲受到外资冲击。在复关的谈判桌上，咄咄逼人的对手就是以中国让出通信市场为条件。竞争对手早就挤在中国市场的大门前伺机而入，作为民营通信企业的华为，想要跻身国际市场的艰难程度可想而知。

回首往事，任正非感慨："华为成立之初十分幼稚，选择了通信产品，没想到一诞生就在自己的家门口遇到了最激烈的国际竞争，竞争对手是拥有数百亿美元资产的世界著名公司。"

在压力面前，任正非带领华为人发下誓言："处在民族通信工业生死存亡的关头，我们要竭尽全力"；"不被那些实力雄厚的公司打倒"；"十年之后，世界通信行业三分天下，华为将占一分。"带着这样的信念，华为踏上了一条艰难之路。

执著于核心技术

华为对核心技术不惜一切的追求，第一次体现是万门交换机的研发。

1990年，华为实现了大突破：销售额突破1亿元，员工超出100名。任正非决定自己投资研制2000门的C＆C08交换机。

做代理时，任正非将所有收入全部投到小型交换机的开发；交换机刚赚钱，他又把所赚利润加上大量贷款，全部用于开发程控交换机。任正非将全部的利润投入到交换机的研制中，甚至不惜为此借高利贷。

1992年，华为成功开发出自己的程控交换机，在市场上颇受欢迎。第二年，华为销售额从1亿增加到4.1亿元人民币。这一年，华为在美国硅谷建立芯片研究所，9月，万门交换机研制成功。

1994年，华为销售额突破8亿元。11月，万门交换机在首届中国国际电信设备展览会上获得极大成功。此前，国外的万门交换机都是通过电缆连接的。电缆的最大弱点是对维护技术要求高，在用户过于分散的地方铺设成本过高，不适合远端市场，而光纤最适合远端，适应了中国广大农村地区的需求。经过华为的研发，中国广大农话市场有了一套完整、实用的解决方案。华为的这套基于SDH架构的农话系统一下子打开了中国广大农村的市场空间。

交换机赢得市场的同时，华为的目光已投向数据通信。

1994年底，华为北京研究所开始筹建。次年6月，北京研究所决定做数据通信业务。此前，华为的交换机都是电话交换机，北京研究所成立之后开始进入网络交换机的研究。

华为北京研究所从1995年成立到1997年前，一直处于漫长的积累期，没有什么重大研究成果。但是，任正非一直给予大力支持，每年投入8000万元乃至上亿的资金用于技术开发。坚持终有回报。华为很有卖点的系列产品C&CO8STP、QUIDWAY8010接入服务器、QUIDWAY系列路由器及以太网交换机、IDSL终端产品，均出自北京研究所之手，由此建立了一条完整的数据通信产品链。

1995年，华为销售额创纪录地达到15亿元人民币。1996年，华为以超过200%的速度发展，销售额达到26亿元。1997年攀升至41亿元。

为保证技术的不断突破，从成立之初，华为就有了把销售收入的10%用于研发的规定和传统。《华为基本法》第26条明确规定："我们保证按销售额的10%拨付研发经费，有必要且可能时还将加大拨付的比例。"曾担任过华为副总裁一职的李玉琢曾表示，这在当时的国内环境中是无人能及的。

到2006年底，华为44 000名员工中，48%的人都会参与研发活动。华为在全球已经建立了11处研发中心，包括中国6处、美国2处以及印度、瑞典和俄罗斯各1处。近十年的时间里，华为对3G的研发投入已经超过50亿元。

对研发投入的同时，华为也非常重视对专利的申请和对知识产权的保护。华为提供的数据显示，截止到2006年9月30日，华为在中国的专利数已经达到14 252项，PCT国际专利和国外专利数目达到2635项，已授权专利为2528项。在通信行业非常重要的3GPP基础专利中，华为的专利占5%，居全球第五。

世界知识产权组织（WIPO）在2006年4月发布的年度报告显示，华为提交的PCT（专利合作条约）国际专利申请为249件，甚至超过了思科的212件，占到中国PCT国际专利申请量的10%。

苛刻客户的需求一般都是对软件和服务的要求。华为对于软件的研发相当重视。每年，华为投入到软件上的工作量超过整个研发总部的80%；研发人员配备也差不多是这样的比例，华为11 000名研发人员中的70%至80%是软件人员。应用层面的开发技术为华为带来了贴近客户的优势。华为投入超过10 000人的研发队伍、研发经费的70%，用于基于当前客户需求的产品研发。华为还坚持积极合作、吸收先进技术和管理实践的原则，已经与德州仪器(TI)、摩托罗拉、高通、IBM、英飞凌、英特尔、Agere、ADI、Altera、Sun、微软、Oracle、NEC等世界一流企业广泛合作。

大赌3G

华为的三分天下以及国际化的实现，主要是依靠其在3G技术上的大量投入以及持续不断的研发。

华为每年拿出销售收入的10%用做研发，其中30%左右的研发资金用于3G业务的开发，先后耗资超过50亿元人民币。

华为高级副总裁、基础研究管理部部长何庭波曾表示，华为3G研发团队大都是1998年后组织起来的。此前的1997年，华为刚刚拿出自己的GSM产品，这是一个已经在摩托罗拉等跨国公司手里发展了10年的技术，华为的差距可想而知。也是从这个时候开始，华为把研发重点放在3G的WCDMA方向上。

"华为3G是怎么走过来，华为的无线通信就是怎么走过来。"华为公司高级副总裁陈朝晖说，回到十年前，华为无线通信才刚刚起步，第一代华为GSM直到1997年方才投入应用，而彼时，代表2G的GSM已经从老外的实验室走到市场打拼了十多年。"1995年时，GSM产品老外经过十年磨练，成熟性超过我们很多，这就像一个成年人和一个小孩，接下来小孩的命运，要不夭折要不生存下来，我们依靠GSM生存下来了，但很难成长为一个大人。"

在巨头林立的通信产业，华为只有17岁。1988年从代理产品起家，此后在固网领域切入交换机、传输产品，并迅速取得相当份额；而华为的无线产品部门则更为年轻，1995年才进入无线领域，1997年推出GSM产品，2000年底推出CDMA1X，至今不过十年。

华为奋力追赶的结局在全球3G到来之时已经可以明确地看到，"我们只能在新增市场上争夺一席之地，以前的格局很难改变。"陈说。而此时，无线通信领域的顶级供应商爱立信已经是一个120多年的老店。

对差距的判断，决定了一场赌局。"2G我们是解决生存，摸准脉，加深自己的基础能力——这个使命完成了，利用3G来改变我们的格局。"

华为将主要的精力和资源都投入了WCDMA的研发。在国内以及瑞典、俄罗斯、印度、美国的研究实验室里，华为投入了3000多名工程师埋头于3G的研发，其中的重点就是WCDMA的相关技术。

华为海外人士说，即使用"砸钱"来理解华为在3G上的投入也不为过。早在几年前，为了获得一流的技术人员，以及获取最为尖端的行业动向，华为跑到移动通信业老大爱立信的家门口瑞典办了一家研究所。建所的前半年，几乎颗粒无收，"《红高粱》的形象很难吸引到人"。华为花费重金，以及比钱更多的心思邀请瑞典的研发人员来到华为，几经磨合，方才获得他们对华为3G理念的认同。而当时的华为，其主攻的目标只是WCDMA，这也是爱立信的强项。

经过短暂的市场考察后，华为在俄罗斯、美国的研究所中开始了对WCDMA从芯片到系统的全系列规划。据不完全统计，每次芯片规划并投入生产的费用都超过2000万元人民币。

华为对于3G的开发并未盲目陷入高科技的圈套，而是充分考虑了未来产业的发展趋势，特别是从2G到3G的过渡技术。这个技术使用软件来完成，采用2G/3G共建技术，核心网与接入层之间采用IP化连接。在2G向3G的迁移过程中，运营商无须硬件替换，无须软件升级，投资成本得到了完全的保护。

华为基于软交换构架的设备，采用了先进的承载与控制分离的R4构架，大大降低了运营商的建设成本和维护成本，并同时支持GSM和WCDMA，可以从2G平滑升级到3G。

在软交换技术上处于全球领先地位，这得益于其前瞻性的全球第一个R4软交换的商用版本，在全球大多数WCDMA商用网络还在使用R99版本的时候，华为所建设的商用局全部采用了R4版本，这使其在技术上具有明显的领先优势。由于软交换具有电路型核心网无可比拟的优势，技术上也成熟稳定，很多运营商已经在采用软交换来替代2G的核心网，并可兼容2G/3G接入网络。华为提供系列化基站和有特色的覆盖解决方案。

华为对3G的开发是到芯片级别的。华为高级副总裁、基础研究管理部部长何庭波说，华为对产品的开发程度是芯片级的，而3G更是如此。"3G芯片也是我们做的。"她说，"3G

是一个比较先进的系统，不可能买到先进的芯片，不是说买一个芯片贵一点的问题，根本就没有，你要进里边(3G市场)去玩你就要有自己的芯片。"

公开资料显示，华为研发的全套自主知识产权的核心ASIC基带芯片，采用业界领先的0.18um工艺，该芯片集成了30多个系统和ASIC专利，填补了我国WCDMA无线领域芯片开发的空白。而华为芯片研发部门在历年的研发积累中，现在已经意外地成长为一家独立运作的芯片设计公司——海思半导体。

这种不计血本的投入在随后几年收到了回报：在WCDMA系统上，华为拥有了30多项核心专利，与跨国公司实现了交叉授权。由于基本上没有2G的包袱，华为在研发一开始就认准了基于软交换技术的R4版本是未来的潮流。在主流设备厂商还在犹豫不决的时候，华为已经悄悄完成了R4的实验室、实验局阶段。

在3G的海外拓展上，华为采取了"把金子当银子卖"的办法：国外的运营商只有2G网络，本来只需要2G的设备，华为却卖给他们3G设备当2G用。由于价钱并不比2G高，将来还可以用于3G，运营商当然非常欢迎，华为也借此摸清了自己3G设备的性能情况。

2003年，华为投入3500人开发的3G技术在亚洲市场曙光初现。2003年12月18日，华为与香港第五大电信运营商Sunday签署价值9亿港币的3G合同，成为Sunday WCDMA商用网络的基础网络及业务平台的独家供应商。

一周之后，世界500强之一的阿联酋电信(Emirates Tele-communications Corporation，简称Etisalat)宣布，由华为技术有限公司独家承建的阿联酋电信WCDMA 3G网络正式投入商用，华为公司作为独家供应商。这是华为在海外开通的第一个WCDMA商用项目，也是全球第一个R4商用项目。而这些运营商当初的2G设备并不是采用华为的产品，是华为提供的R4软交换使得华为能够顺利从2G转接到自己的3G产品上来。

当时包括华为在内，一共有五家厂商争夺这个项目。大家都把自己的设备放在运营商那里做测试，这一测就是一年多的时间。华为很好地利用了这一年的时间，仅仅在阿联酋的一线现场，华为就配备了将近200名工程师，后面的支持人员更是不计其数。在R4版本上，华为和其他几家跨国公司其实都是在同一个水平线上。"运营商过来一看，大家都差不多，都在犯同样的错误，"陈朝晖说。只不过，更加勤奋的华为利用这一年的宝贵时间把自己的R4产品率先完善了起来。最后的技术测试结果显示，华为产品的性能排在第一。

拿下阿联酋的项目之后，华为的声势大振，又接连拿下了马来西亚TM、毛里求斯Emtel的3G项目，从此奠定了自己在WCDMA上的江湖地位。中移动也是应用华为的软交换技术。2004年12月的荷兰项目是华为在全球承建的第五个WCDMA商用网络，虽然与华为合作的这五家运营商的2G网络并没有使用华为的设备。

荷兰Telfort是华为在欧洲的首个WCDMA项目，合同总金额不低于2亿欧元。2003年，华为和Telfort刚刚开始接触。

当时的Telfort正感觉危机四伏：虽然拥有欧洲最好的GSM网络，业务开展也相当不错，公司移动业务的ARPU值较高，但是随着沃达丰等电信巨头相继开通3G业务，Telfort面临的压力也越来越大。Telfort认为，如果不及早完成对3G的布局，就有可能在未来的竞争中落伍。

Telfort的2G电信设备供应商是爱立信。在进行3G规划的时候，Telfort遇到很大的难题：在注重环保的荷兰建设运营3G的成本很高。更重要的是，3G时代消费者的需求趋向多样化。Telfort要建的3G网络必须足够"聪明"，这就必须采用基于IP软交换技术的"智能网"来取代传统的电路交换网。从当时WCDMA的发展情况来看，传统的R99版本还是大量采用电路交换技术，而采用软交换的R4～R6版本都还不太成熟。

Telfort与华为在技术交流中不期而遇。华为的分布基站技术一下子吸引了Telfort：这种技术够显著减少机房的面积，而且设备的功耗低，需要的配套设备也要少得多；整个算下来，分布式基站要比常规的基站节省1/3左右的成本。

而且，此时的华为对于R4版本的商用已经驾轻就熟。在中东的阿联酋，华为已经有了一个运行良好的基于R4的3G网络，这也是全球第一个商用的R4系统，这些都说明了华为在WCDMA方面的超强实力。

在华为开始启动3G应用的2003年，3G策源地欧洲的第一轮网络建设高峰已经开始降温。至2004年底，全球3G已建网48个，经过两年真刀真枪市场磨练的华为总共拿下其中的5个。其中，2004年12月8日从荷兰移动运营商Telfort手上夺下的

WCDMA项目合同是华为冲进3G一级市场欧洲的第一单。匆忙追赶3G的华为在全球3G的第一轮热潮中没有冲到前面。

陈朝晖认为，在决定3G格局的第二轮建设高峰中，华为并不缺少机会——全球已经发牌照的近50个3G运营商中，有约30个为第一轮建设高峰核心地区欧洲的运营商，余下20个欧洲以外的3G网络多为近期新建者，而华为承建的香港、阿联酋、马来西亚等四张3G网在其中占了20%；在新一轮建设高峰中，华为投入最多的WCDMA用户数今年将面临暴涨，未来还将会爆发性增长。

2006年2月，荷兰皇家电信(KPN)与华为签署荷兰全境的3G/2G核心网协议；7月，华为与德国电信签署了覆盖匈牙利全国的IMS商用网络合同；8月，沃达丰选择华为承建其在西班牙的WCDMA/HSDPA商用网络。

从2006年初至今，华为已经中标的12个3G网络项目中，6个出自欧洲。华为3G在全球的发展重心正明显地从中东、亚太等地区逐步向欧洲等移动通信发达地区转移。在日本和美国获得突破，也成为了这一进程的一部分。华为的无线产品也已经进入包括德国、法国、英国、葡萄牙、荷兰、美国在内的14个发达国家。

2005年，根据Frost & Sulivan统计，华为在3G新增市场份额中排名第二，占21.6%；2006年以来，华为在全球3G新增市场的份额持续上升，目前已超过31%，合同金额大幅度提升，并逐渐为全球顶级的运营商认可。

2006年8月，华为宣布与摩托罗拉就3G和HSPA产品展开联合研发。权威IT顾问公司Gartner的数据显示，华为和摩托罗拉的合作，将使它们在WCDMA/HSDPA领域的全球市场份额达到15%左右，仅次于爱立信和诺基亚-西门子，与阿尔卡特-朗讯不相上下。

目前，华为移动软交换已成功应用到全球60多个国家，服务全球4.7亿用户，与全球运营商共同经历着汇接层IP化、本地网IP、核心网全IP化的三次浪潮。据In-Stat咨询公司近期研究报告显示，华为已拥有31.2%的全球移动软交换市场份额，位居业界第一。

华为的目标是在2008年，海外市场和国内市场的销售比重达到7：3，从而成为一家真正国际化的企业。2005年1月，华为表示，希望到2008年把海外销售额从去年的22.8亿美元提高至100亿美元以上。

华为最强的一个技术是光纤技术，之所以比较强，是因为它是全世界最早用光纤的企业之一。华为1992年开发出自己的程控交换机之后，由于跨国公司的市场强势，华为只能走农村包围城市的道路。中国广大的农村市场空间虽然很大，但是地形非常复杂，传统的技术很难覆盖这么广大的区域。后来华为被逼无奈，直接运用当时还比较先进的、没有完全商业化的SDH的光传输技术，形成了自己的光传输系列。包括后来推出的"村村通"项目，实际上是用大的光传输，把信号送到乡，从乡到村用无线的方式传输出去，形成了很适合广大中国农村的一套很实用的解决方案，这对华为的崛起有很大的帮助。

这套方案实际上是建立在颠覆性的技术之上，但更符合根本意义上的颠覆性技术是R4软交换技术。概念很简单，传统上从2G升级到3G，如果用的是诺基亚系统，一般通过硬件、软件统一的升级，可以到达诺基亚3G的系统。软交换的概念就是未来电信网、IP网，可能包括无线网、有线电视网，所有的网，大家都是建立在统一的IP架构之上，而那个IP架构就是通用的平台。所以软交换的概念，从2G到3G，完全可以通过软件集成的方式直接升级过去，过去用的是谁的硬件并不重要，因为架构是完全不一样的，搭建在全新的IP架构上，过去用诺基亚、西门子的都没关系，这是一个相当大的整体产业架构的变化。

华为为什么有这么强的动力推进软交换？因为它在2G时代没有市场份额，整个2G时代的系统，市场份额几乎可以忽略不计，但如果是西门子、爱立信，总是想利用原有客户的锁定，让他们接着买产品，所以对软交换不会很感兴趣，不会主动去推。软交换实际上是颠覆原来的技术。

在这个发展过程中，华为形成了两个第一。它是全球第一个在3G应用中，把软交换的技术成熟化地做出来了。华为在阿联酋的项目是全球第一个用软交换做的3G项目，也是华为第一个WCDMA的3G项目。正是由于软交换技术的突破，才让华为拿下了3G项目，而3G项目又帮华为奠定了用软交换的方式实现3G升级这一行业内的相对领先的地位。后来华为打通了欧洲很多运营商的壁垒，一步步往里渗透，拿下了很多欧洲的市场。软交换给了华为很好的切入到产业最前沿的机会。

华为为什么能够在通信领域里面抓住软交换这样的机会？很重要的一点，华为持续不断地对产业最前沿进行追踪，1994年就在北京设了数据通信研究所，1997年在上海设了移动通信研究所，每年10%的研发投入，持续不断地投入，最终才有了它在核心技术上的突破。

在IT、通信等高端技术领域，中国许多企业都选择了颠覆性创新的路径，如做超级计算机（高端服务器）的曙光集团，它的董事长曾明确指出："创新的核心不能沿着行业领袖的脚步亦步亦趋。如果我们追随跨国公司的战略，我们永远也不会赶上它们。在同一个方向上，我们无法超越它们。当行业出现重大的技术变革的时候，我们选择在另外的方向上突破，可能更容易取得成功。"

颠覆性技术的出现，挑战原有的产业格局，对后来者以及新企业来说，往往提供了最好的赶超节点，但是要掌握颠覆性的技术，需要对产业有很好的前瞻性，对行业走势的把握，对技术的发展有相对深入的了解。另外，对自身能力的要求也比较高一些，而且对于颠覆性技术的投入一定不能有头无尾，盯准了就要坚决投入，才能有突破的一天。

华为将自己的经验和原则写成了《华为基本法》，足以为后来者观之：

第二十二条　我们的经营模式是，抓住机遇，靠研究开发的高投入获得产品技术和性能价格比的领先优势，通过大规模的席卷式的市场营销，在最短的时间里形成正反馈的良性循环，充分获取"机会窗"的超额利润。不断优化成熟产品，驾驭市场上的价格竞争，扩大和巩固在战略市场上的主导地位。我们将按照这一经营模式的要求建立我们的组织结构和人才队伍，不断提高公司的整体运作能力。

在设计中构建技术、质量、成本和服务优势，是我们竞争力的基础。日本产品的低成本、德国产品的稳定性、美国产品的先进性，是我们赶超的基准。

第二十三条 我们坚持"压强原则"，在成功关键因素和选定的战略生长点上，以超过主要竞争对手的强度配置资源，要么不做，要做，就极大地集中人力、物力和财力，实现重点突破。

当我们在今天羡慕华为业绩的时候，请记住：《华为基本法》成文于1996年，华为对数据技术的大规模投入始于1994年——对颠覆性技术前瞻性地坚决投入是成功的唯一秘诀。

第 7 章
CHAPTER7

Dragons at Your Door
中国制造的发展路径

我们的战略是"以一当十",我们的战术是"以十当一",这是我们战胜敌人的根本法则之一。

——毛泽东,《中国革命战争的战略问题》

中集:中国式成长

要么你把技术转让给我,要么我们就自己生产。反正我有自己的技术路线,而且产品肯定便宜过你。

——中集,2004年

中集的轨迹,描绘出一条中国制造业企业随着中国经济崛起而腾飞的完整成长路径。

"圈地"——扩大市场规模

中集的起飞，与中国经济在世界的崛起同步。

20世纪90年代，随着中国经济持续增长，进出口贸易繁荣，中国集装箱工业发展迅速，全国一下子出现了20多家集装箱厂。东南亚国家也开始大力发展这一出口型的劳动密集型工业。新建厂大多投资大，技术设备先进，并有欧美等国的资本介入和负责管理，起点很高。许多新建厂的设计能力都超过30 000标准箱。

而中集在1990年产量尚不足10 000标准箱。此前的1987年7月，公司才改组为中远、招商局、宝隆洋行的三方合资企业。董事会确定中集的经营方针为："以生产集装箱为主，兼搞多种经营。"四个月后，停产集装箱一年半的中集恢复生产，复苏主要依靠股东中远的订单。由于之前的亏损，中集在集装箱市场并没有品牌效应，而且因为是中国生产的产品而在国际上受到歧视。

其时，全球集装箱产量的60%被韩国垄断，剩下的40%基本上由日本和中国台湾地区占据，中国的集装箱企业基本上处于无足轻重的地位。

尽管如此，由于整个行业的繁荣，当时集装箱（主要是干货集装箱）的利润率很高，一个工厂只要生产几千个就足以盈利。

在当时的干货集装箱成本构成中，钢材和木材都是产业链的上端，对于集装箱企业（基本是组装）来说，制造成本和人工成本是中国企业唯一能够发挥的空间。这是因为，集装箱是有50多年生产历史的标准"铁盒子"，很多专利都失效了，其间的技术谁都可以使用。因此集装箱行业的进入门槛很低，只需要招集大量工人按照图纸进行生产就可以了。到20世纪80年代末，劳动力成本成为集装箱行业竞争的最关键因素。

不过，中集并没有沉溺于劳动力成本的血拼之中，在这段好日子里，他们漂亮地完成了产业布局。

这个战略是从1991年麦伯良被任命为中集总经理时开始的。在内部改造的同时，麦伯良看到，集装箱生产向中国以及东南亚转移的趋势已经形成，这是行业难得的机会；而且行业内部新项目不断上马，生产能力急剧膨胀，行业内重复建设、低水平竞争现象十分突出，中国集装箱诸侯并起的混乱局面已经形成。中集要想度过这个恶性竞争的阶段，只有先占据主动地位，依靠规模经营和综合优势取胜。

当时的中国，大致形成华北/东北、华东、华南三大造箱区域，由于空箱运输成本高昂，竞争基本在区域之内进行。因此，中集开始酝酿覆盖中国沿海主要港口的生产布局体系。

从1993年开始，中集先后将大连集装箱厂、南通集装箱厂、新会集装箱厂、天津北洋集装箱厂、上海远东集装箱厂、青岛现代集装箱厂等10多个企业收归麾下。1993年2月，中集收购大连货柜工业有限公司（台资）51%的股权。

1994年7月，中集全资子公司中集香港在江苏南通收购了顺达集装箱公司（港资）72%的股权；1994年，中集集团投入5791万元，对三个集装箱生产基地进行改造，产能提高64%，从5800万TEU（标准箱）提高到9500万TEU。

1995年12月，中集集团取得广东新会大利集装箱厂80%的股权，增加产能4000万TEU；随后与住友合作在上海建立了国内最大的冷藏箱厂。

在这轮圈地中，中集主张低成本扩张，基本上是对现有工厂实施"先承包经营、再收购"，收购中经常利用商誉、品牌等无形资产降低并购成本，很少自建新工厂。

一连串低成本并购之后，中集的干货箱生产基地形成了产能和布局的优势——7家干货箱生产厂分设在深圳、新会、上海、南通、青岛、天津、大连，初步构建起华南、华东、华北三大区域全方位生产服务的格局，反应灵敏，交货快捷。集团的干货箱年生产能力超过75万标准箱，其中南方中集是全球最大的干货箱生产厂。

经过1994年产销量排名世界第三、1995年世界第二后，中集1996年的集装箱产量达到19.9万标准箱，首次超过韩国现代（Hyundai）和韩国进道（JINDO），成为世界第一，占全球市场份额的20%。

这时候，与其他所有产业里发生过的故事一样，利润丰厚的集装箱产业在不到10年的时间里迅速进入供过于求的惨烈竞争之中。到90年代末，中国的约40家集装箱厂中，只有1/3的工厂是盈利的。1997年的时候，中国的产能如果完全达到，已经超过全球需求量30%。

"自1998年4月开始，工厂之间同质化的竞争导致集装箱产品的价格一路下滑，到最低点，价格下调幅度已达50%，单箱利润率也从30%跌至不到3%，"中集集团市场事业部副总经理李贵平回忆说。这个跌价幅度使得只有充分具备了规模经济效益的大型集团公司，才有可能在当时的价位上保本或微利，中型和小型企业都将陷入严重亏损的境地。

早有准备的中集幸运地避过了一劫，其所拥有的规模优势带来了成本的快速降低，从而保证了他们能够在行业饱和的情况下，继续发展而不是陷入价格斗争。

"我们相信在集装箱这样的行业，只有把市场占有率扩大到足以影响行业内的主要客户的阶段，企业才能生存下去。"中集副总吴发沛说，"这是中集在90年代初开始'圈地'的指导思想。"

中国式流程再造

在过去的日子中，中集几乎从未停步。在干货集装箱市场取得规模优势之后，他们开始以此为支撑，进入技术要求更高的冷藏箱领域，进行中国式流程再造，不断提高性价比，在冷藏箱领域演绎了从初学者到世界第一的精彩故事。

被用来存储及运输容易腐烂货物的冷藏集装箱，由于要经受起吊、海运、堆压以及从两极到赤道的环境变化，其技术含量远远高于冰柜。

选择问题首先摆在中集眼前：90年代中期，世界冷藏集装箱分不锈钢质和铝质两个流派，技术上分别采用"三明治发泡"和"整箱发泡"；两个流派的技术原理完全不同，分别掌控在德国和日本企业手中；其中日本企业主导的铝质冷藏箱占据着市场95%的份额，是绝对的主流。

然而，中集经过研究之后，却出人意料地决定引进德国Graaff公司的"三明治发泡"技术。

1995年3月，中集投资5000万美元成立上海中集冷藏箱有限公司，德国Graaff公司参股2%，并向中集出售关键设备，授权上海中集使用其12项关键专利。中集还通过Graaff公司聘请了冷藏集装箱领域的德国专家出任上海中集冷箱技术中心的总工程师，协助中方实现冷藏箱的量产。

"在刚引进生产线时，3万多平方米的生产车间一年的产能为1万箱，但是车间的工作流程5年内被中集的工程师改造了4次，仅用了新建生产线所需资金的20%就将产量扩大了1.5倍，这使得同样的生产线产能被提升到每年2.5万箱以上。"该专家说道，"到2002年，上海中集的生产节拍已经提高到10分钟内切换一个冷箱工序（表示为分钟/箱），2004年效率提高到接近5分钟/箱，而德国生产线研究了20年时间，在转让给中国时也无法突破20多分钟/箱的节拍。"

"我们引进德国技术后的消化速度的确非常快，很快就进入了创新阶段，"中集集团技术管理部副总经理刘春峰说。中集的技术团队在熟悉了生产线后很快就改造了德国生产线的生产流程，来进一步加强自动化程度。

不久，中集技术人员又从流程改造延伸到技术上，把德国人的"三明治发泡"整体提升到"改进型三明治发泡"，即把汽车工艺运用于冷箱上。据刘春峰介绍，这种运用不仅加强了集装箱的强度，而且提高了箱子的绝热性，比德国的技术前进了一大步。

1995年，上海中集引进了一台德国原装的发泡机耗费了150万马克；而当中集1997年自己组装第二台发泡机时，只花了70多万元人民币；现在，中集投资一台发泡机的成本在40万元人民币以下。同时，中集生产的冷藏集装箱所需要交纳的专利费也从100多美元/箱降低到30多美元/箱。

巨大的价格优势和并不差的技术开始迅速在市场上侵蚀日本企业主导的"铝制冷箱"市场。不到8年，中集的冷箱就彻底颠覆了原有秩序，成为了一种行业规范。目前，全球已经有超过70%的冷箱是以钢质和"三明治发泡"技术生产的。

伴随着青岛冷箱基地的投产，从1997年到2003年，中集冷藏箱的产量增长了7倍。中集2003年生产了6.35万TEU的冷藏箱，占全球市场份额的44%，超过拥有两个冷箱制造厂的马士基工业公司（全球最大的海运公司丹麦马士基公司的子公司，其产品大部分供应母公司，2003年全球的市场份额为37%）。

中集从此成为冷藏箱领域的第一供应商。就在这一年，日本冷箱厂随铝箱一起在市场上消失了。

不过更有意思的是，主流技术的最早拥有者——德国钢质冷箱厂的退出比日本企业还早。1997年，主要的德国冷箱厂Graaff公司在将专利授权给中集之后，似乎就完成了在该领域的历史使命，到1998年便彻底转产，靠收取冷箱专利费获利。

1999年，作为Graaff技术的托管人，德国Waggonbau公司将大部分冷藏技术继续独家授权给中集使用。2005年5月，双方签署了最终转让协议，据吴发沛介绍说，这次转让使中集获得了除自主开发的11项专利之外的77项冷箱专利，自此中集彻底掌控了冷箱的全部技术体系。

拿下一个又一个细分市场

已经成为巨人的中集在控制了冷箱之后，"称雄全球集装箱行业的战斗"依然还在继续，他们几乎马不停蹄地进入了更高端的罐式集装箱、折叠式集装箱以及其他特种集装箱领域，这些产品是很多欧洲集装箱公司在普通集装箱业务垮掉以后退守的最后领域。

不幸的是，冷藏箱领域的故事被中集在一个又一个细分市场中复制。

罐式集装箱领域一直为20世纪70年代由欧洲迁移到南非的Consani、Trencor、Welfit Oddy三家公司所垄断，这三家技术优势非常明显的南非公司，总市场份额一度超过50%。

2000年11月，中集与英国UBHI公司签定"技术转让协议"，获得UBHI的"Light Weight Beam Tank"罐箱生产技术。15个月以后，产能为6000台/年的南通中集不锈钢罐式集装箱制造厂开业，使其市场份额达到了30%。中金公司的分析报告认为，2005年，产量1万台的中集罐箱将超越南非公司成为世界第一；2006年，罐箱的收入可以达到中集总营收的3%以上。这一年，三家南非公司退出市场。

在折叠箱领域，2004年3月，中集收购英国Clive-Smith Cowley公司60%的股权，获得该公司折叠式集装箱的关键专利技术。

折叠箱最核心的部件为能够让箱子折起的"铰链",折叠箱的大部分技术都集中在此部件上。而英国Clive-Smith Cowley公司采用的"DOMINO"技术的铰链,垄断着全球70%以上的市场,并左右着世界折叠箱市场十几年,几乎所有要生产折叠箱的工厂都要向其购买此部件。

有趣的是,在购买其铰链产品的时候,中集的特种箱技术研发中心已经花了很长时间,开发出了一套有自主专利的铰链方案,也能用于折叠箱产品。尽管自主的专利能否变成主流尚不能够确定,但是却成了中集与Clive-Smith Cowley谈判的重要砝码。

"要么你把'DOMINO'技术转让给我,要么我们就自己生产。反正我有自己的技术路线,而且产品肯定便宜过你。"

面对中集这样一个巨头和其过去几年内横扫冷箱、罐箱市场的威慑,最后,经过讨价还价,Clive-Smith Cowley变成了中集的子公司。不过中集并不满足,铰链的生产在2005年被移到了广东新会。就在在中集折叠箱工厂旁边,一个新的铰链工厂专门生产"DOMINO"铰链,除了自给,还为全球的折叠箱制造厂供货。"经过这一过程,中集每个折叠箱至少降了两三百美元的成本。"

另一方面,通过加强技术开发力量,不断开发新产品,中集在高端产品市场逐步进入了成熟收获期,如获利能力较强的托盘箱、日本铁路箱(JR箱)、北美国内陆运输箱、油罐箱及运车箱等均受到客户和市场的好评。

特别值得一提的是,JR箱成功进入市场门槛高的日本市场，产品质量及服务均获得日本商界的赞誉，被认为"质量超过日、韩"。

当初日本进口中集JR箱时，认为其质量不佳，总是拼命压低价格，检查时也是特别仔细。后来，中集的销售人员感到这种不公平待遇实在难以忍受，就要求认真评比中、日、韩三国的产品。结果，在事先不知道产品产地的情况下，中集的产品获得了最高的赞誉。从此，中集的JR箱挤掉了韩国产品的市场份额，一举占领了日本很大部分的市场。

就是这样，中集在世界市场上的分量由此节节上升：

1998年，中集集团集装箱产销量占世界行业份额的25%；

1999年，占全球市场份额的29%；

2000年，中集集团生产了71.7万标箱（TEU），销售69.7万标箱，超过世界行业排名第二、三、四位造箱集团的总和，占全球市场份额的35%；生产冷藏箱2.99万TEU，仅次于丹麦Maersk（马士基），居世界第二位，市场占有率为30%。麦伯良说："论市场份额，从2000年的数据来看，全球第二、第三、第四、第五加起来，跟我还差20%。"

2001年，中集占全球市场份额的38%；到2001年中期，中集集团冷藏箱综合竞争力与Maersk公司相比，已处于均势或略占优势。

2002年，中集在国际集装箱市场中的份额达46%，是目前世界上最大的国际标准干货集装箱和冷藏集装箱的制造商。

2003年，中集在全球份额超过50%。当年下半年，有半个城镇大小的（全球最大的集装箱工厂）、号称中集的"梦工厂"的南方中集深圳东部工厂开业。此时中集的干货箱工厂增加到了10个，产量比1995年增长了7倍，全球市场份额则超过50%，而与此同时的现代和进道的市场份额跌到不足10%。

2004年7月，中集成立青岛中集特种冷藏设备有限公司，由此拥有了全球第一个特种冷藏箱生产基地。

至此，中集成为目前世界上惟一能够提供干货箱、冷藏箱和特种箱三大系列，100多个品种的集装箱产品，并且能够对所有品种提供设计、制造、维护等"一站式"服务的企业，也是目前全球惟一对所有集装箱产品拥有全部知识产权的企业集团。

成为产业前沿技术的引领者

一边是细分市场的开疆拓土，一边是整个经营系统的改造创新。

随着中集规模的不断扩大和实力的不断增强，一系列"止血"方法应运而生：统一大宗原材料采购，实现钢材国产化，提高钢板利用率；利用国际金融工具低成本融资，1996年在美国债券市场发行商业票据，1999年与荷兰银行完成账款证券化项目；整合生产基地，统一安排生产，仅运输费用降低就使单箱成本下降5美元。

统计显示，从1996到2000年，中集单位产品材料成本降低了33%，单箱的人工、制造、管理和财务费用下降了46%。

与此同时，中集积极介入上游原材料市场。不过他们采取的不是整合策略，而是直接切入新技术开发（木板）以及合作（钢铁），这是另一种降低成本或缓解成本压力的途径。

对于集装箱制造行业的企业来说，最头疼的两块成本就是钢材和木地板，这两块合起来占据近70%的成本。

"处于同一风险周期内的纵向整合，的确一荣俱荣，但也往往会对风险有放大作用。"中集集团副总裁吴发沛说，"所以，除非像木地板那样，已经糟糕到中集不得不介入的地步，中集对于同一产业链上的问题并不太愿意直接介入。"实际上，中集现在对于横向的跨行业的合作（比如与GE等企业的合作）和处在不同风险周期的相关多元化（比如半挂车和登机桥等）更感兴趣。

木地板占集装箱成本的15%。每年，中集集装箱业务要采购50万～60万立方米的海量成品木地板。中集选择开发"树种替代"和"新产品"，利用其新会工厂的研发能力以及中国众多的技术人员，反复试验。2001年下半年开始，经过工艺的反复调整，试验进入实质性阶段，生产部经理撤换了几轮，硬是把合格的桉木地板生产了出来。

在接下来的半年中，新会中集的市场人员竭尽所能向"箱东"们推荐使用新型的地板。中集找来了BV、GL、ABS、CCS等世界各地的船级社对地板进行质量认证，还推荐给国际集装箱租箱协会进行试验。在一次为全球最大的租箱公司之一Triton公司所做的试验中，桉木地板承受了7吨重的叉车来回碾压76次，而传统的克隆木只能承受27个来回。

随后，短短半年时间就有大量海运公司接受这种新产品。据《World Cargo news》报道，2002年11月中旬，1.5万TEU上已经应用了桉木地板，其中包括马士基、P&O等大集团的产品。进入2003年，采用新型木地板已经是大势所趋，有25%的中集产品用上了新型地板，而且这种比例还在不断提高之中。

同样，中集把钢结构的集装箱变成主流，为钢厂开拓了一个巨大的市场，并且推动了钢板本地化生产。1998年，国内的钢铁厂并无能力生产集装箱用的钢板，中集通过和宝钢、武钢、鞍钢等大型钢铁集团的联合开发，使集装箱钢板的生产技术趋向于成熟和普及。

随着中集的越来越强大，其介入产业前沿技术的程度也越来越深，智能化开发就是中集的最新版本。

2003年，中集和一家美国科技公司合作，开发了加装在老式集装箱上的新一代电子封条。另外，中集还和一家在集装箱电子安全解决方案领域领先的瑞典公司合作，开发智能集装箱的通信模块，再由中集进行集装箱的系统集成。

中集集团技术中心成立了一个名为"安全智能集装箱研发组"的特别研究机构。据刘春峰介绍，原有的集装箱设计没有考虑加入电子安全系统，因此结构要调整，加装电子模块和通信模块。中集的研发组主要研究集装箱结构的改造，以及新的电子模块的设计。

"智能化的趋势背后隐含着巨大商业机会。"中集集团技术管理部副总经理刘春峰说，"不仅是新箱，全球现有的干货集装箱就有3000多万个要改造，所有的集装箱都有可能要改造，每个集装箱的改造成本大约是200美元，这是一个价值60多亿美元（超过全球集装箱制造业年产值总额）的庞大市场。"

庞大的市场同时引起了GE的关注。2004年，通过并购All Set公司，GE安全集团获得了All set"商业卫士"技术的授权。中集此时认识到通过与另一个产业的巨头的合作将会大大推动自己对集装箱产业未来的掌控能力，所以转而和GE合作，并联合推出了一种名为"TESC"的侵入探测安全集装箱。

从中可以注意到，中国企业在自主创新上突破、形成核心能力的思路如下：第一个战略是整合创新，创造性地满足客户需求，冲破跨国公司的垄断（海尔）；第二，是流程创新和创造性地利用成熟的技术，先去满足低端市场的需求，再反过来让技术不断地升级换代，最终形成对原来所谓高端的替代（比亚迪）；第三，一开始赌最前沿的技术，跟上技术发展断裂性的机会，一步到位（华为）。

而中集的价值在于它在不同阶段分别实施了上述不同战略，并最终成为全球行业领袖。这是一个完整的中国制造成长史。中集从最简单的铁皮集装箱制造起步，从最没有规模、没有技术的起点，经过20年不到的时间，现在成为集装箱行业内全球规模最大、技术最好、最全并且已经开始做新的技术突破的企业。

中集给人的整个印象就像是坦克在推进，它在合适的时候做了该做的每一件事情，时候到了它就滚打包收，最终完成了自己的全面升级。在它的发展中并没有特别耀眼的行动，但它已经经历了一个中国企业整体升级换代的所有历程。

中集看似战线广阔，但是在某个时期，总是有一个侧重点，初期是箱式集装箱，然后是冷藏箱，其后是特种箱，最后是智能箱。在初期的产品，都是先规模后技术，到后来则是先技术、后规模。

这种战略可以从中国的军事战略中找到答案。毛泽东在《中国革命战争的战略问题》中说："我们的战略是'以一当十'，我们的战术是'以十当一'，这是我们战胜敌人的根本法则之一。"

中集利用低成本和规模优势不断扩大市场份额，随后成为整个行业唯一能够做研发中心的，因为只有它有足够的规模。它的竞争对手，由于无利可图，韩国先退出，日本再退出，然后欧洲的企业基本全部退出，最后中集唯一的对手就是它自己。

这是中国制造实现可能性的完整途径：从良性的低成本制造或者研发开始，逐渐形成规模，逐步突破技术壁垒，并且最后在更高的层面，循环利用低成本和技术突破能力，最后达到参与并胜出国际竞争。能力的几何级数的积累，其最后的突破是爆炸性的。中国制造过去几年的高峰是二十几年积累的一个总爆发，当然势不可挡。而这两年对中国制造的质疑和压力正在迫使中国企业进行新一轮的积累，当它们再次爆发时，世界的竞争格局将全面改写。

时势造英雄。未来世界级的中国企业将在这一轮新竞争中脱颖而出。

未来

黄金十年

现在，我们显然面临一个时期，在此时期内，创新的要求和机会比我们记忆中的其他任何时期都更大——也许与第一次世界大战以前的那个50年一样大。

——彼得·德鲁克

海尔、华为、联想、中集等企业所取得的成就让人鼓舞和向往。然而，它们通过整合创新、流程创新和颠覆性创新所实现的成本创新有多大的借鉴性和普遍意义？成本创新的局限性又在哪里？

Dragons at Your Door
成本创新的障碍

像所有的战略一样，中国企业的成本创新也有其局限性。成本创新的成功在很大程度上得益于越来越多的产业形成了全球的水平分工和模块化的结构。但是，还是有不少产业由于产业链（特别是流程协调）的复杂性，并没有形成模块化的结构，整个产业依然主要是寡头竞争的格局。在这些行业，由于很高的进入壁垒，成本创新战略面临天然局限，无法发挥应有的作用。

系统性的价值网络障碍

阻止中国企业成本创新战略的一个重要障碍，是被经济学家们叫做"系统性的价值网络"的东西（systematic value network）——换句话说，就是在某些产业里，一个成功的竞争者需要管理一个综合的、大致上不能分割的行为系统，目的是把一个吸引人的产品/服务传递给消费者。快速消费品产业，如快餐和个人护理产品，就是个好例子。这些产业一般不涉及特殊的高新技术，但要使这些产业正常运转，涉及协调一个复杂的、相关的系统。这个系统把复杂的市场研究和产品开发集合在一起；不标准的全球采购（特别是自然原材料，而不是标准化的工业部件）；制造过程必须连贯，协同的物流必须考虑到产品的变化（例如不同食品的保存期限）和复杂的促销活动。传递到最终消费者的价值实际上直接受制于这个系统性网络中最弱的一个环节。因此，一个成功的竞争者必须组织好整个系统的运营才能获得竞争优势。在这样的行业，中国企业也许可以通过在个别环节的创新，例如，某种新产品的推出、一个消费概念的炒作、渠道的覆盖率等，获得短暂的优势，但常常由于系统管理能力的缺乏而最终失利。同时，在这样并非高技术的行业，延续性和经验的积累往往很重要，而中国企业作为后来者，利用颠覆性技术创新赶超的机会也非常少。这些系统性的、根本性的制约，导致了中国企业在快速消费品行业对诸如宝洁、联合利华、欧莱雅和汉高等跨国企业进行了一轮又一轮的攻击，却依然无法动摇这些跨国公司在中国的市场地位，更不用说进行国际扩张了。

医药产业是另一个例子。医药行业使用的传统的药物开发方法是高度系统性的，涉及研究、开发和临床实验小组，它们一起合作，往往历时10年甚至更久，而且涉及大量的复杂流程、技术、经验、know-how等的积累。中国企业在这些系统性产业的弱点是它们不能轻易地把价值链"切割"成单独的行为模块，因而很难降低进入壁垒和学习门槛。

无形资产

一个和系统性的价值网络障碍相关的挑战是无形资产，如品牌、专利技术和经验。这些无形资产建立起来缓慢而昂贵。在那些无形资产对竞争成功至关重要的地方，中国企业作为后来者的赶超相对困难。

在某些产业中，大部分消费者甚至不会尝试一个新的供应商，如果他们不认可那个品牌的话（例如奢侈品），这时成本创新的拉动力量远远弱于品牌的壁垒。

零售业是无形资产壁垒的好例子。在这类产业里，中国的零售商们面对着相当大的无形资产壁垒以及强大的零售品牌，例如沃尔玛和家乐福。零售业的成功涉及许多无形资产，包括供应商管理、物流、货架空间管理、展示、推销和销售人员的培训等知识。由于劳动力成本大部分受当地的工资水平驱动，中国企业难以将成本优势传递到海外的零售业务上。与此同时，成本创新的范围很可能受到限制，因为这个行业也很难用模块化的方法去组织它的服务。

专利和种种不可见的技术是制约成本创新的另一个重要因素。石化产业是一个很好的例子。大部分的关键技术仍然在专利拥有企业手中；例如，自1985年以来，仅埃克森、壳牌和BP在中国就已经申请了1770项专利，而陶氏化学、巴斯夫和拜耳又申请了2560项专利。此外，大部分化工生产流程是持续性的，需要巨大的资金投入，而且广泛依赖于多年积累的专利技术。这些特征使中国企业难以把一项生产行为分割成松散的小块，成本创新的空间很窄。

除了系统性和无形资产的障碍外，成本创新还面临着其他两个阶段性的局限。

产业生命周期的早期

通常在产业发展早期，在主导技术尚未出现的产业中，中国企业的成本创新战略往往不那么有效。缺少了主导技术，快速学习、扩大规模和不断降低成本这种以往有效的套路难以在这类行业里展开。同时，产品生命周期的早期，技术变化的速度非常快，跟上技术变化已经很难了，更不用提创新了。而且，当一项新业务正在形成时，性能和质量而不是价格，往往是消费者最重要的选择标准。中国企业因而在主导产业发展方面面临巨大挑战。

中国和发展中市场的规模有限

在中国国内市场规模小的领域，中国"龙"们在冒险进入国际市场之前，没有多少机会在国内建立起一定的产业规模及获得一定的经验。更糟糕的是，如果某种产品或服务在发展中国家的市场上是小规模的或者不存在的，那么中国的竞争者们就无法采用"农村包围城市"的战略，即先在外围的新兴市场建立规模，然后以此为据点攻击发达市场。因为在新兴市场里，那些在中国磨炼出来的技巧最适用，来自成型的跨国企业的竞争也不那么激烈。因此，相对于全球市场来说，中国和发展中市场有限的规模妨碍了中国企业形成全球挑战能力。

投资银行业，特别是并购服务，是一个好的例子。仅在数年以前，监管的限制意味着中国的并购市场事实上是不存在的。甚至2005年，中国在以价格为标准的全球并购活动中，占有的份额不足2%——当时发展中国家的并购总额只占5%。因此，中国的银行和金融服务公司很少或没有机会在这个行业开发它们的技巧、经验和规模。在美国市场占全球并购近半交易额、欧盟国家又占据40%份额的情况下，中国企业的成本创新难以找到最初的切入点。

相对于全球需求，如果中国和发展中国家市场的规模较小，中国企业成本创新的杠杆作用就很难发挥。例如，中国主要汽车制造商奇瑞，从历史上看，每年生产的车辆略超过10万辆。天津一汽的规模仅比奇瑞略大，而吉利的产量甚至更低。相对于丰田、通用和福特每年均超过800万辆的全球规模，中国汽车制造商的规模显得苍白无力、毫无意义。甚至是现代这个全球第七大汽车制造商，每年制造的汽车也超过了300万辆。当中国市场相对于全球市场的规模还不够大的时候，中国企业的国际竞争力将受到很大的制约。而中国汽车制造企业竞争力在最近几年的大幅攀升和中国汽车市场从2003年开始的井喷式增长是同步的。

成本创新路径图

我们对新兴中国企业目前在不同行业的整体优势和劣势进行了一个大致的评估。通过对本章中上述成本创新的障碍因素，以及第一篇中提到的成本创新的促进因素的综合分析，我们尝试着对中国企业的发展路径做了个总结和预测。图8-1试图说明中国企业的"成本创新推进路线"。

图8-1的纵坐标主要衡量中国企业成本创新的潜力，主要影响因素包括：行业的开放程度、行业模块化的进度、劳动力在总成本中的比重等。而横坐标主要衡量阻碍中国企业成本创新的因素，例如，产业价值网络的高度系统化，无形资产在建设和维持竞争优势方面的重要性，产品生命周期的早期，中国和其他发展中市场的规模占全球的市场比例等。

这张图显示了中国企业的快速推进——最初在玩具、服装和鞋这类行业中大获成功，然后突破到消费电子、家用电器和个人电脑行业。但由于系统的复杂性、无形资产的

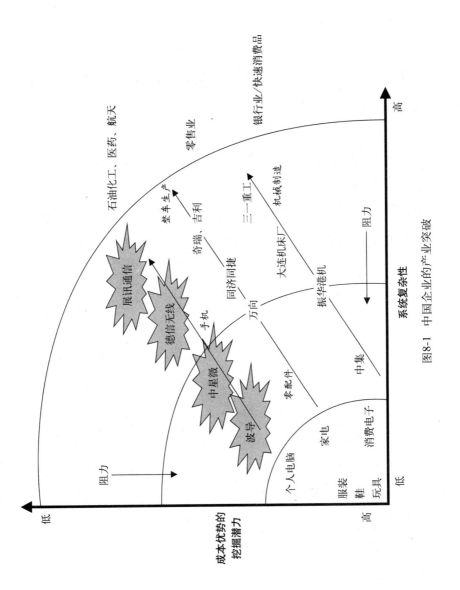

图8-1 中国企业的产业突破

重要性、长期经验积累的壁垒以及模块化成本创新的局限，中国企业在医药、航空、零售、银行和快速消费品等行业依然居于劣势。

同样很有启发的是，中国企业在一个行业中怎样利用产业模块化的机会，充分发挥成本创新的优势，从产业链的最低端逐步进入到最高端的竞争。

万向的发展就是个典型。这个中国最早的乡镇企业之一，最初是个农机修理厂，生产的第一个汽车配件产品是最简单的万向节。然而，就是从这小小的万向节起步，经过二十多年的发展，它如今已成为中国最大的汽车零部件供应商。万向节产品的市场是有限的，一个产品之后，万向马上想下一个产品，从万向节到传承轴，因为万向节和传承轴是装在一起的，是供给传承轴的。随后做轴承。1992年，万向开始做驱动轴，包括轿车等速驱动轴、汽车传动轴、轴承、滚动体、密封件、轿车减震器、制动器等系列化汽车零部件产品。1997年，万向开始做减震器，也是零件，主要做二级配套。

万向从2001年开始尝试向集成方向努力。起初的两年形成了制动系统，通过收购企业、购买技术、技术研发，包括和大企业联合起来做开发，和同济大学做底盘的系统等，从多管齐下的角度，万向很快就形成了底盘系统的能力，并在几个主机厂进行验证。在做了海马汽车的底盘集成系统之后，又做了燃油箱、尾气排气系统。后来又陆续生产了前悬系统总成、后制动器总成、中间传动轴总成及ABS系统。

在零部件领域取得突破的同时，万向也看到另外的道路——电动汽车。1999年，万向集团设立电动汽车项目筹备小组，做电动汽车技术调研以及一些基础力量的储备。万向随后在集团的技术中心成立了高科技技术研发中心，开始以项目形式投入，2002年后以公司形式运作。2002年，万向收购了一个电池企业，以项目形式运作的第一台电动汽车的样车做出来了，就成立了万向电动汽车开发中心，开始有一个实体。2002年的时候基本是在做样车，利用万向集团的优势开始把现有的汽车做成电动汽车，2002年完成11部电动轿车和5部电动大客车的车样开发。

2003年，万向电动汽车顺利通过了国家轿车质量监督检验中心的检验，获得国家认可的开发技术资格。

2003年，中心基本构架都已经有了。最关键的是当时发展的思路都已经形成了，就是电池、电机、电控、电动汽车。万向的感觉是，还是要把零部件做好，电池、电机、电控，电动汽车的一些颠覆性的技术就在这三个方面。2004年，万向电动汽车重大专项WX纯电动汽车动力总成项目通过国家科技部节点检查。2007年，万向电动车已经可以提供标准化的模块电池，而产品的体积也比2005年减少一半。

这张示意图并不是严格的统计分析，它更多的是提供一个思考的框架。读者可以利用这个框架所提出的主要影响因素，结合第二篇中的示范案例，分析在自己的行业中进行成本创新的空间有多大，以及可能的发展路径和突破口。

第 9 章
CHAPTER9

Dragons at Your Door
限制性因素在消失

更让人兴奋的是，全球经济的发展正在朝更加有利于中国企业成本创新的方向演化，那些限制成本创新潜力的因素正在逐渐减弱。

行业日益模块化

随着IT技术和信息化的进一步成熟，平台化和模块化的优势越来越明显，越来越多的行业正变得模块化起来。

以传统研发的重大堡垒——制药业为例。基于新的生物技术方法，药物开发系统化的程度大为降低。生物技术采用产业标准的实验方案和大量充分系统化的知识，例如人类基因组数据库，使人类染色体的整个基因序列可以被利用。这样的标准化和公开的可获取的信息使新的进入者更容易通过专攻产业链条上属于它们自己的模块而打入该行业，而这些新的公司也很容易与大型生物技术公司及已有的制药巨头合作开发最终产品。比起传统的制药研究，生物技术可能涉及更高级的技术，但由于它更模块化，必要知识标准化的程度更高，中国企业已经在这个领域快速发展。

中国市场的规模正在变化

中国经济正在以加速度发展。在越来越多的行业，中国不但发展速度最快，而且总量最高。当中国成为很多行业全球的领先市场时，原有的竞争格局将进一步改变。

中国汽车企业的发展就是个典型。即使在5年前，大部分人对中国企业在这个行业的生存都心存疑虑，而现在，中国企业的竞争力已不可同日而语——其中最重要的原因就是中国汽车市场的超高速发展。

2000年，中国汽车市场销量为208万辆。7年之后，中国汽车市场接近850万辆。即使是瓜分市场的零头，也足够汽车企业生存。要知道，2000年吉利汽车销售只有1万辆，它在2006年已经接近30万辆。

几乎所有的中国汽车企业都在起步阶段借助了国外或者国内的设计公司。在整个汽车产业链中，设计环节是最早独立出来的。国内汽车设计行业从2002年开始呈现爆发性增长。

"在五年前，中国就没有汽车独立设计这样一个行业。"北京长城华冠设计公司总经理陆群说。这家公司的成名作是吉利金刚汽车。在金刚汽车之前，吉利依靠模仿夏利生产了豪情、美日等车型，并和韩国设计公司有过合作。金刚是第一次和国内汽车设计公司合作开发，虽然借鉴了一些品牌，但从造型角度来看，基本上算是独立开发。

甚至吉利最初的起步，也是借助了汽车产业供应链的模块化。2001年11月，吉利还是拿到了国家发改委发布的汽车生产目录。在供应商方面，国内十多年的合资留下大量供应商系统，它们也需要寻找新的客户来保持更大的发展。吉利要做的就是选择合适的车型以及供应商，然后组装起来。最初，吉利采用了德国博世的燃油喷射系统，内饰件由一家同时向大众汽车和通用汽车公司供应零部件的中国公司提供。吉利选用的钢板和福特、通用及大众汽车所用的钢板出自同一家钢铁企业，模具和其他生产设备则由一家中国台湾公司提供。

2002年12月16日和23日，吉利集团与意大利汽车项目集团、韩国大宇国际株式会社的全面技术合作协议，分别在上海和宁波签署。合作协议涉及金额超过7000万美元。

自由舰是吉利进行正规化改造后推出的第一款中级车产品，吉利内部非常重视。为此，吉利摒弃了过去封闭研发的方式，请韩国大宇帮助设计车身，请韩国Top Metal（顶级金属）公司为吉利设计了高品质的模具，并第一次采用了全数模的设计方法。

2003年年底，华冠正在协助另一家汽车设计公司做奇瑞的QQ6项目，一个此前熟识的模具商找到华冠，问他们能不能接一个整车设计的活儿。当时，这家模具商正在和某主机厂进行合作，得知这家主机厂也在找人做一款整车产品的设计。这个项目就是金刚车型的开发。2005年，金刚上市，大获好评。

另一家借助设计公司摆脱模仿的是奇瑞汽车。1996年，奇瑞花2500万美元购买了福特的CVH二手发动机生产线。1997年3月，由安徽省和芜湖市政府下属的5家公司共同投资、注册资本为17.52亿元的"安徽汽车零部件工业公司"正式成立，主要生产CAC轿车发动机和开发家用轿车。该项目被列为"九五期间"安徽省第一号工程，简称"951工程"。公司的一期发动机厂房坐落在芜湖经济开发区。1999年5月18日，第一台发动机下线，同年12月18日，第一台轿车下线。

1999年，奇瑞汽车在芜湖下线后却因没有轿车生产目录，只能在安徽省内小批量投放。之后挂靠上汽集团，以上汽奇瑞名义销售汽车。

奇瑞汽车有限公司董事长兼总经理尹同耀在一汽有12年半的经验积累，"什么能做，什么不能做，不能做的找谁，大概需要多少资金，这些我们都很清楚。"奇瑞把整个车分解成不同的部分，能做的就自己做，不能做的就"外包"。奇瑞第一代车的底盘是模仿捷达的，车身是与台湾福臻模具公司联合设计的，而零部件的配套则得益于合资汽车零部件国产化率的提高。

在这个阶段，奇瑞的整车被分成了车身、模具和配套，奇瑞掌握整体控制和系统集成。随着创新需求的深化以及自身对整合技术的把握，奇瑞还有将整车细分下去的打算。目前奇瑞正在进行开发的平台至少有4个，到2005年，他们计划将有8个平台共存。在开发的多款车中，奇瑞先后聘请博通（Bertone）、宾尼法瑞那（Pinintarina）等欧洲和日本的设计公司进行车型的造型和工业化设计。（从某种意义上讲，由于国外汽车市场的成熟度很高，这些设计公司在国外不一定能够获得足够的业务量，也愿意来中国寻求发展。）奇瑞的整合资源从其出口美国的车上可以看出来。奇瑞出口美国的5款车的设计均由意大利和日本著名的设计公司负责，发动机由奥地利的AVL生产，汽车内部装饰在日本，整车的组装在中国。

奇瑞的造型开发的快速发展，借助的是一支来自二汽的团队。2000年年底，二汽走合资道路，要解散技术中心，有十来个工程师就酝酿出走。这些人曾经去法国培训过，回来后开发出爱丽舍。2001年，奇瑞知道他们要走，就请他们加盟，这些人与奇瑞联手打造了佳景汽车设计公司。又把原来在东风技术中心流散到各地的人召回来，一共二十多个人，主要人员是原东风公司技术中心轻轿平台的核心骨干。在拥有佳景之后，奇瑞开始进入实质性的创新阶段。

奇瑞此后推出的三个车型，包括QQ，都是这支团队的成果。2003年QQ一经推出，连续4个月稳坐在国内轿车销量第四的位置上。

2006年，奇瑞总共推出6款新车，除了已上市的新东方之子外，5月份上市的是奇瑞V5，这是奇瑞第一款商务车，外形以及功能定位与广州本田奥德赛类似。7月上市的是奇瑞A18，是在原风云基础上开发的新车型。8月露面的是奇瑞S21，这是奇瑞今年推出的两款经济型轿车之一。10月，奇瑞S12、S22相继亮相，S22是一款小型MPV，S12扮演了奇瑞2006年新车上市压轴的角色，是介于QQ和S21之间的一款小型车。

这几款新车型的设计聘请了国际上顶尖的设计公司，如意大利的博通、宾尼法瑞那及日本的设计公司。前不久，意大利Fumia Design Associati公司宣布，为奇瑞汽车在上海车展展出的概念车"S16"设计了外观并试制了样车。

随着合作伙伴的增加，奇瑞自己的研发力量也增强了。目前的奇瑞，已形成了奇瑞汽车研究院规划，即佳景公司设计低端车、日本设计中端车、意大利设计高端、莲花公司调校底盘的主体框架，而且"部分车型研发将直接在美国完成"。

奇瑞的另一个开发是在发动机领域。从2002年开始，奇瑞与奥地利的发动机设计公司AVL签订了联合开发协议，在此后的3～5年时间内，开发0.8升～4.0升18款发动机。这几乎囊括了当今国际内燃机最新技术，产品全部达到欧洲4号排放标准。在18个型号的产品中，有4个为奇瑞与AVL联合开发，其余14个全部为奇瑞自己开发。

在中国汽车行业，设计公司的崛起有点类似当初的手机行业，迅速出现很多，又迅速消失。佳景科技成立的时候，中国独立的汽车设计公司只有上海同济同捷等几家，其创始人是原同济大学汽车系教授雷雨成。但在2002年、2003年期间，独立的设计公司迅速蹿升到近200家。有行业内人士估计，这些企业的创办者95%以上来自国有企业、合资企业的研发中心以及像泛亚、同济同捷这样的研发设计机构。2006年，雷雨成表示，目前分布在全国的50多家本土汽车设计公司中，有30多家是从同济同捷流失出去的人才创办的。此外，泛亚的人员流动率在3%左右，每年要失去三四十人。

2003年的中国汽车市场以60%的速度增长，奇瑞、吉利、华晨等自主品牌企业对新产品开发的需求一下膨胀起来。陆群记得："一个规模很小的自主品牌企业一开口就说，我们要同时开发9款车，并准备开发43款车。"此外，QQ的成功让逆向设计大有泛滥之势。一些汽车设计公司经常是六七个人成立一个公司，50多万元就接一个设计项目。恶性压价不但快速压缩了行业的利润空间，更让整个行业走向一种恶性循环。

在奇瑞上千人的研究院中，造型部只有15个人，隶属于车身部，但这并不妨碍奇瑞把产品规划做成40多款车，设计工作大都可以外包出去。一位业内人士透露，奇瑞的项目曾经外包给北京精卫全能、上海同济同捷以及北京长城华冠。

但是，转折点很快到来。2004年年底和2005年年初，汽车制造厂由于市场原因大幅缩减开发项目，很多小的汽车设计公司被淘汰出局，存活下来的逐渐拉开档次。

2007年，奇瑞庆祝了自己的百万辆汽车下线，吉利则突破了发动机和变速箱等核心环节，并且都在开发更高级的车型。在短短10年之内，中国自主品牌的汽车通过模块外包和中国市场的快速增长，获得与国际巨头抗衡的能力。

由于中国持续快速发展，限制中国企业在全球进行成本竞争的历史局限性正在越来越多的行业中消失。

第10章
CHAPTER10

Dragons at Your Door
全球整合资源

对于制约中国企业发展的一些更底层、更需时间积累的因素，例如品牌、全球分销系统、行业流程的专门知识和专利技术的壁垒等，中国企业可以利用购并加快克服这些弱点。而中国企业的购并浪潮将导致很多行业的全球产业格局重新洗牌。

使用对外收购战略

以联想收购IBM PC部门为里程碑，中国企业开始加快全球战略收购。除了联想、明基、TCL、华为这样的大型购并外，大量的企业也在尝试这一战略，并取得了相当的成绩。

万向集团又一次成为先行者。万向已经系统性地在汽车零部件行业展开了多重收购。万向想要得到的主要资产是技术、渠道和品牌，这些能使它在发达市场快速确立自己的地位。从1999年开始，万向集团在海外进行垂直兼并，向现有的制造领域以及与万向集团汽车零部件主业互补的领域投资，成功收购英国AS公司、美国舍勒公司（1998年收购）、ID公司、LT公司、QAI公司、HMS公司和UAI公司（2001年收购，纳斯达克上市公司）等海外公司。为了抢占市场，鲁冠球以并购手段先后将欧美市场上原本负责销售万向产品的三家伙伴公司收归旗下，其中以整体收购美国舍勒公司的过程最为精彩和富有戏剧性。到2001年10月，万向集团已并购了8家美国公司（2001年当年就收购了6家），并相继在美国、英国、德国、墨西哥、委内瑞拉、巴西和加拿大等7个国家成立了十余家公司。从2003年起，万向运作AMF基金，致力于并购、整合美国的汽车零部件生产厂商，并为中国企业提供机会。截至2003年底，万向集团已经将26家海外企业揽入自己的企业帝国版图之内。

董事长鲁冠球如此解释他的原因：

我们在海外收购公司并非是简单的收购，它实际上关系到国际资源的聚集。我们将结合可以找到的一切资源，使这些资源成为公司跨国经营的基础，使公司可以采用最先进的技术在全球主要市场上参与竞争。比如，我们购买了舍勒、环球汽车工业公司和罗克福德动力系统公司（Rockford Powertrain），因为它们拥有我们最缺乏的：市场、技术和品牌。这些公司的弱点是劳动力成本不断上涨。我们的强项在于我们的劳动力。我们使用了大量的廉价劳动力，生产低附加值产品。我们可以把这些公司的低附加值产品带到中国，在这里生产这些产品，同时继续在原处生产高附加值产品。因此，通过合并这些公司，我们降低了成本，提高了效率。这就是我们能够如此成功地突破通用汽车和福特等大公司和市场的方法。

自2002年以来，中国机床公司就已经处于国际抢购潮之中。上海明精收购了德国沃伦贝格公司（Wohlenberg）和日本株式会社池贝（Ikegai）。沈阳机床成功接管了德国的希斯股份有限公司（Schiess AG）。在收购了美国的英格索尔（Ingersoll）公司的两家下属企业后，大连机床公司又收购了德国兹默曼公司（Zimmerman）。秦川机械收购了美国的联合美国工业公司（UAI）。上工申贝集团（SGSB Group）收购了德国上市公司DA（Duerkopp Adler），后者成立于1867年，是世界排名第三的工业缝纫机生产商。2005年10月，北京第一机床厂全资收购德国阿尔道夫·瓦德里希科堡公司。

2006年7月，杭州机床集团和德国abaz&b磨床有限公司签订协议，以600万欧元收购后者60%的股权。德国abaz&b磨床公司是欧洲四大磨床制造企业之一，而杭州机床集团则是国内同行业十强之一。

以上所有被收购的公司都拥有悠久的历史、强大的技术、公认的品牌、现成的客户基础以及广泛的分销网络。然而，它们的盈利能力受到来自日益激烈的全球竞争的威胁，缺乏规模和投资资金去维持它们的技术和品牌优势。尽管整合困难重重，但它们为中国企业提升能力提供了一个良好的基础。

当然，海外购并对中国企业是全新的挑战，TCL、明基的失利就是最好的警钟。但是，这是中国企业必须掌握的一项核心能力，即使必须付出高额的学费。

全球产业新格局

能否将一家老牌跨国公司的优势——它的技术、系统、品牌和经验，以及其现有子公司的分布，与新兴中国公司建立的成本创新优势结合起来？这种组合在全球性的竞争中应该是一种无敌的力量。谁先建立这样的优势，谁就最有可能引领未来产业的发展。正是为了抢占这样的制高点，跨国公司加速了在中国的扩张，中国企业加速了全球扩张，购并和联盟也将越来越普遍。

通信行业的快速整合很有可能成为未来的样板。

2003年，华为和3Com公司一起组建了一家合资公司，为全球市场提供通信设备，该公司51%的股份由华为拥有，49%由3Com拥有。通过力量的联合，这两个合作伙伴希望提升它们的能力，从这个行业的全球主要玩家思科手上夺取市场份额。

华为带来了它的成本创新型产品线、在发展中国家中有力的市场份额、成本竞争型服务能力以及设计和工程资源。3Com贡献了自己的世界知名品牌、一个广泛的全球分销网络、对美国和欧洲客户的详细了解和一系列配套产品以及1.65亿美元的融资。

这种结合已被证明是有效的：3Com公司执行副总裁兼首席财务官唐·霍尔斯特德（Don Halsted）指出，在截至2005年9月30日的一个季度里，华为3Com合资企业的收入是1.11亿美元，同比增幅达69%。他表示，其共同开发的5500系列3层交换机的销量显著增长。3Com公司总裁兼首席执行官布鲁斯·克拉夫林（Bruce Claflin）表示，华为3Com目前雇用的员工超过34 000名，其中超过半数是工程师。他还说，"随着工程技术人才的增加，合资公司已经承担了更多的任务去为3Com开发基础产品。"对3Com来说，这个全球联盟提供了利用成本创新的途径，恢复并扩大了它的产品系列，使其多年来第一次能够有效地与思科竞争。对华为来说，该联盟有助于加快其产品和技术在全球的普及，尤其是在欧洲和美国，增加了它的声誉，还提供了新的学习资源去学习如何建立和管理一家有战斗力的跨国公司。

有趣的是，华为与3Com的结盟，使它们各自的竞争对手——中兴与思科，也不得不走到了一起。

2005年11月，中兴和思科决定合作生产第三代移动电话网络设备和下一代通信网络（NGN）产品。它们的共同目标是：将一条生产线和成套的能力汇集起来，在全球市场打败华为3Com联盟。此外，思科和中兴通信的产品和技术大多是互补的：思科在固网路由器和网络设备上占据优势地位，而中兴在无线技术方面力量雄厚。思科拥有全球品牌知名度和庞大的分销网络，但在亚洲和发展中国家市场中的力量相对薄弱，而中兴则在这些市场与当地的电信运营商建立了强大的联系。

相较于这两大联盟，余下的一些玩家如诺基亚的网络设备公司（相对它的手机业务）和西门子的电信业务看起来规模较小，技术也不全面，还缺乏新兴中国公司所拥有的、在全球竞争中必需的优势。2005年10月，诺基亚首次做出回应，与中国普天成立一个1.1亿美元的联盟。新的合资企业51%的股份由中国普天持有，剩余的49%由诺基亚持有，公司着重进行第三代移动通信网络设备的研发、制造和营销。它提供了一个机会，将成本创新和低成本的设计、工程及研发能力注入到诺基亚的电信设备业务中去。诺基亚的下一步将其网络设备业务与西门子的网络设备业务合并，于2006年6月创建了一家合资企业。西门子本身已与华为在2004年2月成立了一个联盟，对第三代移动通信设备共同进行研究、开发、营销和服务。

2006年4月，电信设备制造商阿尔卡特（Alcatel）和朗讯（Lucent）敲定合并的细节，成立一家价值254亿美元的公司。阿尔卡特很久以前就与上海贝尔以50∶50的合资比例研制和生产电信设备。通过上海贝尔-阿尔卡特（ASB）这家公司，合资伙伴们吸收中国的低成本创新、研发与制造能力，从而在它们称之为"微利时代"的市场里提高了竞争力。ASB对阿尔卡特20%左右的研发工作和各出资公司超过10%的世界专利负责，但它的研发人员的平均成本只有欧洲水平的27%左右。ASB还完善了以低成本提供多种产品的技巧：它在2005年生产了超过800种产品，而在2002年这一数字仅为100种。ASB的研发中心目前已有超过2000名员工，它也被完全归并到阿尔卡特的全球技术数据库和网络中去了。

阿尔卡特与朗讯的合并终于在2006年12月完成。中国在其全球战略中的关键作用被强调，公司首席执行官帕特立夏·鲁索（Patricia Russo）称，该公司将"把中国作为全球研究和开发的一个战略基地……那里有10 000名大陆员工，其中40%是工程师"。在同一周，该公司与中国的大唐电信科技集团重新签订了联盟协议，为3G设备的进一步发展进行投资。

回到华为3Com的案例。2005年10月，合作两年期满，3Com按照当初的约定，行使其选择权，以2800万美元的价格收购华为3Com公司2%的股份，持有华为3Com公司51%股份，从而成控股股东。这意味着公司整体作价已达14亿美元。短短两年，投资已大幅增值。

2006年，华为销售收入为7.12亿美元，连续三年保持70%左右的同比增长，近5000名员工中一半以上为研发人员。

根据协议，2006年今年11月15日开始，华为和3Com两家公司均有权设立竞购程序，购买对方所持股份。

2006年11月，3Com宣布已经同华为达成协议，将以8.82
亿美元的价格收购后者在合资公司华为3Com持有的49%股
份。2007年3月，3Com刚刚完成了从华为手中收购杭州华三
通信技术有限公司49%的股权，从而全资拥有了这家原本与
华为合资的公司。

2007年9月28日，贝恩资本与华为宣布，双方将合组公司，
斥资22亿美元全面收购3Com公司；贝恩资本将持股83.5%，
华为将持股16.5%。作为这一交易的一部分，华为也将通过在
香港的全资子公司收购3Com的少数股份，并与3Com建立商
业和战略合作伙伴关系。从合资到最后的购并，华为不但实
现了投资的大增值，而且完成了产业整合。

因此，我们在这个行业所见到的是少数在全球互相竞争
的结盟网络的出现。每个联盟的核心是一个或多个拥有专利
技术、品牌、分销网络、知识和经验的跨国公司，但这个联
盟也必须在中国牢牢扎根。由于全球竞争规则的变化，成本
创新必须作为一种新的力量注入到全球联盟中去，这种额
外的力量将提高联盟的全球竞争力。全球竞争正转化成一
场巨人之间的战争：其中一方是有中国玩家参与的全球联盟
网络。

像北电网络这样的玩家无法独立应对全球联盟的规模和
不同的能力组合，这种组合也包括这些联盟享有的成本创新
能力，因此，当巨人们在市场相遇时，它们有可能被逐步挤
出游戏之外。正如ASB的中国区总裁所言："如果上海贝尔

和阿尔卡特仍为它们自己而战斗，也许没有人能够生存到现在。只有将双方的优点结合进ASB，我们才能够应付当前市场情况的挑战。"因此，北电网络在2006年2月宣布与华为结盟、为互联网通信市场合作开发高速宽带设备并不令人惊讶。

中国企业的成本创新正在改变全球的游戏规则。成本创新的能力必须成为未来任何成功企业的基本功。那些无法通过购并和联盟将中外企业各自优势充分展现的公司，将最先被淘汰出市场，直到最后只剩联盟来继续这场巨人间的游戏。中国企业最大的机会就是成为这种新型联盟的核心。

第11章
CHAPTER11

Dragons at Your Door
对一个流行判断的回应

一个流行判断

近年来，随着国际政治经济环境的变化、对全球化的反思等，中国制造被普遍认为面临一道竞争力之"坎"。

流行观点认为，中国经济的迅速崛起，有很大一部分是透支目前的人口红利、环境红利、农村红利、政策红利等。而这种透支，现在已经出现了无法持续的征兆。

通常所说的这些危机，包括人民币升值、劳动力成本上升、环境成本增加等。

第一，人民币升值。

在重重国际压力之下，人民币升值问题讨论曾持续多年，直到2005年7月21日晚，央行突然宣布，中国开始实行有管理的浮动汇率制度，人民币汇率不再盯住单一美元，人民币升值2%。

从改革开放初期一直到汇率并轨前，人民币汇率总的趋势是贬值。1994年汇率并轨且官方汇率一次性大幅度贬值。此后，人民币汇率基本稳定，略有升值。到1997年东南亚金融危机时，中国面临很大的人民币贬值压力，而自那时起，中国政府强硬地选择了"人民币汇率不变"。

盯住美元的汇率制度一直持续多年，直到这一次人民币放弃挂钩美元，并参考一篮子货币，这一标志性事件成为了中国汇改的一个里程碑。

人民币汇率从1981年以前的1美元兑2元人民币，到后来的1美元兑约8.3元人民币，2007年7月是1美元兑约7.60元人民币，且依然处在升值之中。以美国为首的一些国家对这样的升值幅度并不满意，时时通过各种方式施压以迫使人民币更快升值。

升值对出口企业的影响一时成为媒体的一个重要主题。

多年来，中国制造一向被称为"价格杀手"。在惨烈的血拼之中，价格已被拉低到成本线附近，而利润空间被一再压缩，甚至要靠出口退税部分来支撑。倘若人民币升值，而诸如沃尔玛之类的渠道商与零售商并不愿意共同分担，"中国制造"压力就会倍增。

第二，劳动力成本上升。

几乎是一夜之间，一个新的名词在中国激起广泛讨论：民工荒。

在过去，劳动力优势一直被广泛认为是中国经济崛起的重要原因。这个优势的表现在于两个方面：数量巨大、成本低廉。

数以亿计的中青年农民从农村涌入城市，从田间走进工厂，通常被冠以"源源不断"、"取之不竭、用之不尽"之类的形容词。

数十年来，中国企业为这些数量庞大的农民工支付的，只是低廉的价格。有调查表明，沿海地区农民工工资在十年来几乎未曾得到提高，扣除通货膨胀因素后，农民工工资增长为负数。人口红利一度成为中国经济之谜的谜底。

但是从2004年开始，在经济较为发达、工厂密集的东南沿海地区，罕见地出现了农民工短缺的现象。工厂第一次为招不到工人而焦灼不已，农民工工资第一次得到提高。许多位工厂主都说，"工人现在是宝贝。"

直到今天，即使在引起全社会普遍注意、政府也想尽办法的情况下，农民工短缺的现象依然在持续。无论在长三角还是珠三角，农民工工资以每年一两百元的速度在不断增长。现在一个普通工人每月工资也至少在1000元以上。

第三，环境成本增加。

中国目前以出口和投资拉动的粗放型经济增长，使中国的资源和环境付出了很大的代价。据世界银行估计，中国每年有75万人因污染（主要是大城市的空气污染）而早亡。中国近60%的城市空气污染水平至少是美国平均水平的两倍，是世界卫生组织(WHO)推荐水平的5倍。

随着人们环保意识的觉醒，和政府日渐增强的治理决心，这样的状况正在发生改变，企业不得不为了环境而支付更多。

2007年在太湖流域，时任江苏省委书记李源潮表态说，要以最严格的环境保护制度整治太湖污染，哪怕GDP下降15%。无锡市政府则决定2008年底前关闭772家小化工企业，确保化工企业整治行动三年任务两年完成，并且进一步加快产业结构升级和转移。

在煤炭第一大省山西，过去无偿取得的煤炭资源从2005年7月份起开始必须是有偿取得，企业需要依据煤炭的埋藏储量为资源缴纳通常高达数千万元的费用。同时，环境资源税改革也正在紧锣密鼓的进行之中。

"或许，在目前中国还处于年富国强的青壮年期，中国还能以各种红利为全球经济'打工'，但是一旦中国年老色衰，这些红利也将消失，到时谁又来赡养中国呢？"《金融时报》发出了这样的疑问。

回应

这些真实的担忧可能并不足以动摇对中国制造未来的信心。中国的出口导向、外资驱动发展战略曾经是十分成功的战略。

只是，现在形势已经变化，事实上，人民币升值已经成为无法回避的事实。对于企业来说，重要的事情是"丢掉幻想，准备战斗"。而对中国经济来说，尽管人民币升值会带来阵痛，但升值意味着中国货币走强，国力增强，符合中国自身的长远利益。中国公众需要改变观念，就像德国人往往把升值看成是督促企业提高生产效率的"鞭子"一样，而中国市场自身的高速发展将成为经济发展的重要动力。

劳动力成本上升，正是因为改革开放以来，中国生产率不断得到提高，人们的收入理应水涨船高，否则这样的增长将失去合理性。

至于环境成本增加，则是对过去资源价格不合理、隐性成本外部化后的矫正。

这些"危机"，恰恰是中国实现增长模式战略性转变的重要催化剂。这些变化有利于企业效率的提高，有利于资源的优化配置，将为中国经济的长远发展带来长足动力。

这些因素实际上会加速成本创新战略的发展。企业的低成本将更多地依靠技术创新，而不是简单的低要素成本投入。我们一个很乐观的判断是，十年后，"中国创造"的企业最有可能在新能源、环保等领域出现。因为中国企业面临巨大的变革压力，又没有技术包袱，最有可能率先采用颠覆性的新技术，同时利用中国巨大的市场规模，把新技术的性价比带到大众市场可以接受的程度，从而成为这些新兴行业的领跑者。那将是中国制造的第三波。

根本性的挑战

然而，新兴中国企业仍然面对着一系列艰巨的挑战。

在宏观上，国家经济政策依然存在变数，最为直接的影响之一便是产业政策。一个典型的例子发生在钢铁行业。随着国家颁布产业政策，集中成为行业发展的主题词，许多民营企业只能等待被吞并的命运。

本土的资本市场仍无法提供高效的融资支持——虽然风险投资和私人股权资本都增长迅速，但国内IPO市场仍缺乏效率。

职业教育体系也有很大的漏洞。中等职业培训无论是数量还是质量都远远低于制造业的要求，技术工人的短缺已成为多年瓶颈。

在微观层面，如前文所提及，中国企业目前仅在流水生产线上的管理效率比较高，供应链、品牌和研发的管理仍不成熟，国际化人才和中高端人才极度匮乏，缺乏品牌和核心技术，而上游的资源拥有者的议价能力越来越强，下游的品牌制约也越来越大，这些都将制约中国企业未来的增长。而全球化管理的挑战更是一个巨大的壁垒。

第12章
CHAPTER12

Dragons at Your Door
结论：生存在成本创新的世界里

"成本创新"听起来像是一种矛盾，在商业世界里，我们中的大部分人都习惯将提供功能更多、复杂度更高的产品与创新联系起来。但事实上，成本创新打破了传统智慧，这也正是它有可能改写全球竞争现有规则的原因。它不只是另一次管理时尚，有两个相互关联的原因使我们相信它将对世界市场产生重大而持续的影响。

第一个理由是，如果没有一种压低产品及服务成本的压力，13亿人口（包括8亿潜在的活跃劳动力）不能从经济孤立中走出来，变为世界经济的一个组成部分。而始于1978年的中国对外开放的这一过程，还有很长的一段路要走：至少还有5亿中国人仍需要从低效的农业中解脱出来，受雇于高效的制造业和服务业。我们甚至还没有将印度和其他发展中国家未来几十年里数亿人口可能经历这种转变考虑在内。当这些转变在继续，而我们也没有什么理由认为它们将停止下来的时候，拉低成本的压力将在宏观层面上持续下去。

第二个原因是，这些新工人除了利用他们自己的头脑和体力，还可以利用世界所积聚的知识和技术，后者的利用比例在不断提高，因为在21世纪，正如托马斯·弗里德曼所言，"世界是平的"。正是这个获取和吸收新技术的新机会，使中国产业的生产力自1995年以来一直以每年约17%的速度增长（不包括由国家直接提供的公共服务）。

当这两种根深蒂固的趋势——一种对成本的持续向下的压力和一个获取全世界知识的发展中的机会——结合在一起时，成本创新作为一种结果出现也许就并不奇怪了。

由于大量人才可以以比世界其他地方更便宜的价格在中国获得，他们使中国公司能够进行成本创新，而不是简单地把产品价格定在低水平上。如将高科技引入对价格敏感的大众市场，以低成本向买家提供多样化和定制产品等，各种战略纷纷出现，中国企业开始在全球市场上赢得一席之地。

早在1906年，亨利·福特用他的"T"型车向客户提供了无与伦比的经济价值，但客户们可以选择"任何你喜欢的颜色，只要它是黑色"。100年后，上海振华港机(集团)公司的销售口号则是"无论客户有什么需要，我们都将满足"。对它的竞争对手来说，糟糕的是这绝非空洞的口号——它可以在接到咨询的20个小时内为客户度身定制出一个初步的技术方案，同时保持其成本优势，结果它现在成为该行业里占据优势的世界级玩家。

就像一个拆积木游戏，跨国公司不断地往上垒，中国企业却因为占据了更为坚实的底部，可以积蓄足够的力量一块块从容拆走前者的战果。

通过认识这些事实，我们得出以下的结论：中国企业在世界舞台的出现将从根本上动摇全球竞争格局。当尘埃落定时，世界将会落到这样一个新的均衡：

- 提供给全球消费者的经济价值方程式已经被中国竞争者改写，他们以低廉的价格提供高科技、多样性和专业化产品。性价比的重要性被提到一个前所未有的高度。
- 成本创新能力也因此成为竞争优势的一个关键来源。
- 全球产业格局将发生根本性的变化。企业必须在全球整合资源。中国的成本创新必须和跨国公司现有的品牌、技术、渠道等优势有机地结合起来，无论是通过购并、联盟，还是自身的发展。中国企业必须成为这样的全球新网络中重要的一环。

下一个十年，中国将首次有可能诞生本土的世界级企业。这将是黄金的十年。但机遇并非属于每个人，最后的胜出者，一定是有使命感、有全球的视野与高度，对新的游戏规则有清醒的认识，并为此做好充分准备的人。

过去十年是"中国制造"的黄金十年，未来十年是退回"黄铜的十年"还是走向"钻石的十年"，读了本书深感两种可能性同时存在，关键是中国制造在"钻石"般的透明度下（尤其是成本的透明），如果没有钻石的刚度，很可能会像玻璃一样脆弱。

那"中国制造"未来十年的刚度来自何处？首先是中国中小企业主动地、直接地融入全球化，利用信息化武装自己。i-Phone的苹果研究院要到2008年12月才能完成的i-Phone汉化开发功能，在互联网上中国"地下研发力量"一转眼就通过分包完成了！同样的模式，在产品设计、零配件配套、原材料采购等方面，都能够以全国化、全球化的"蚂蚁兵团"来完成。过去十年的全球化的成果是被沃尔玛甚至联想这样的大采购方和大生产方所获取，中小企业更多地成为全球化的受害者。"黄金十年"是

"中国制造"围绕全球大公司展开，未来十年是全世界中小企业联合起来。

其次，刚度来源于进一步发挥中小企业的船小好掉头的灵活性，关键是掉头的方向要对头，即满足消费者更为个性化的需求，要做到这一点也要靠信息化的武装。只有高度信息化才能用极低的成本捕捉到消费者的个性化需求，并把个性化需求聚集成符合中小企业的生产规模，通过适度规模的个性化定制，赚取合理的个性化溢价。

《龙行天下》创见性地提出了"成本创新"——穷人的创新的解决方法，对深陷价格战泥沼的中国中小企业来说不啻为救世的福音。无论读者公司规模大小、职务级别高低，都能从书中宏观、中观、微观中找到自我，找到提升自我的捷径！

Dragons at Your Door

参 考 文 献

[1] "Well-argued Book". *European Business*. 2007.

[2] Thomas Hoffman. "The Grill: China Expert Peter J. Williamson on the Hot Seat." *Computer World*. 2007.

[3] Roger Trapp."Responding to a New World Order Requires Some Radical Thinking." *The Independent*. 2007.

[4] Bob Brinker. Peter Williamson was on ABC radio, Bob Binker's Money Talk. 2007.

[5] Thomas Duff. Review of Book Posted on Amazon. "Utterly Fascinating Book." Amazon. 2007.

[6] Sharon Shinn. Positive review of book in special sidebar with cover art and dragons design. BizEd. 2007.

[7] "What's the Best Business Book You've Read Lately?" Conference Board. 01-Nov-07.

[8] Jeffrey Marshall. "Bookshelf". *Financial Executive*. 2007.

[9] Mike Pehanich. "Made in China." Fishing Tackl Retailer. 2007.

[10] "In Brief." Harvard Business School Bulletin. 2007.

[11] David Blanchard."The Cost of Doing Low-Cost Business." *Industry Week*. 2007.

[12] William Holstein. "U.S. Faces Wave of Competition From Abroad." The International Herald Tribune. 2007.

[13] Great review quote "Business Owners and Any Interested in Global Politics and Economics Must Have This Analysis". *MidWest Book Review*. 2007.

[14] William Holstein. "Emerging Markets, Emerging Giants." *New York Times*. 2007.

[15] David K. Hurst. "A Timely Book." *Strategy+Business*. 2007.